Presented by Kaho Matsuyuki
with Ryou Mizukane
JN143090

狐の婿取り

—神様、告白するの巻—

CROSS NOVELS

松幸かほ

NOVEL:Kaho Matsuyuki

みずかねりょう

ILLUST:Ryou Mizukane

香坂涼聖
こうさかりょうせい
診療所の医師。琥珀と陽と共に暮らす、かなり幸せな男。琥珀とイチャイチャする時間が減ったのが悩みの種。
琥珀 こはく
かつて八本の尻尾を持っていた神社の神様。涼聖の愛の力により、最近四本目の尻尾が生えてきた。ツンデレである。
陽 はる
ちび狐。妖力を持って生まれたため、琥珀に預けられることに。食べることが大好きな育ち盛り❤
Characters
Kaho Matsuyuki Presents

伽羅

きゃら

間狐。幼い頃に琥珀と出会い、心酔。彼を追って香坂家に転がり込む。最近は多少空気を読むように。

橡＆淡雪

つるばみ＆あわゆき

烏天狗の長。五年を経て、ようやく孵った弟・淡雪の子守で心が折れそうになることも……。

倉橋

くらはし

涼聖の先輩医師。元は東京の病院勤務だったが、期間限定で地方の救命医療をサポート中。淡雪に気に入られている。

月草

つきくさ

大きな神社の祭神。美しく教養もあるが、陽に一目惚れをしており、萌え心が抑えられない様子。

CONTENTS

CROSS NOVELS

CONTENTS

Presented by
Kaho Matsuyuki
with
Ryou Mizukane

Presented by
松幸かほ
Illust
みずかねりょう

CROSS NOVELS

1

「あー、あっ、あ！」

ご機嫌な赤子の声が、穏やかな休日の香坂家に響く。

「あわゆきちゃん、つぎはどっちにする？」

陽は左右、それぞれの手に絵本を持って、こっち？　それともこっち？　と、琥珀の膝の上に鎮座している淡雪に問う。

淡雪が反応したのは陽が左手に持っていた『おむすびころりん』という題の絵本だ。

「ボクもこのえほん、だいすき。こはくさま、よんで」

そう言って陽が絵本を琥珀に渡すと、琥珀はちゃぶ台の上に絵本を置きページを開いて読み始めた。

「おむすびころりん。むかし、あるところに……」

琥珀の話を陽はにこにことしながら聞き、淡雪も手と足を時折パタパタさせながら、大人しく聞く。

絵本のページをめくるのは、ちゃぶ台の上で自分用の座布団に座している座敷童子のシロの役目だ。

彼らの様子を、この家の主である涼聖はしばしタブレットに落としたカルテのデータを見るのをやめて、頬笑みながら見つめる。

そして、伽羅も同じくその光景を見つめながら、空気を壊さない程度に携帯電話で撮影する。

診療所が休みの日、香坂家では大体こんなふうに穏やかに時間が過ぎる。

今日、淡雪が来たのはイレギュラーで、来た当初は少しむずかっていたが、みんなに相手をされてすぐご機嫌になった。

淡雪の兄である橡は、淡雪を連れていくことのできない仕事に出かけていて不在だ。

もちろん、橡が淡雪を同行できない仕事はよくあるが、ほとんどの場合、短時間で——長くても二時間ほど——ですむことが多いので、淡雪は一族の烏たちに預けられる。

だが、今日の仕事は長時間にわたることが予測できた。

その場合、過去に淡雪がやらかしていたあれこれを考えると、烏たちに任せることには危惧しか覚えなかった。

橡の一族で、現在、人に姿を変える能力を持つのは橡と淡雪だけだ。他の烏たちは通常の烏よりもはるかに長い寿命と賢さを併せ持ってはいるが、姿は烏のままなのだ。

よって、できることは限られている。

加えて、一族の長の弟である淡雪が相手では、無体を働かれても、選択肢は「逃げるか、耐えるか」その二つしかないのだ。

結果、これまでに起きた様々な無体——大事になったのは「羽をむしり取られる」と「ひたすら羽をしゃぶられベタベタにされる、時には甘噛（あまが）みではないレベルで肉のある部分を噛まれる」だ。

よって、今日の橡の仕事が近づくにつれて、一族の烏たちから橡に対して「俺たちに淡雪殿を預けて行こうなんて考えないでください」という意思がガンガンに入った無言の圧力をかけられ、その結果、橡は琥珀たちを頼ることになった。

淡雪がぐずり体質だというのは——月草（つきくさ）や玉響（たまゆら）といった激烈な美女や、倉橋（くらはし）が相手だとにこにこモードだが——香坂家の全員が知っているので、預けられても気にならないのだが、橡はいつもかなり申し訳がなさそうだ。

「あわゆきちゃんがおおきくなったら、まんまるのおにぎりもって、シロちゃんとさんにんで、おやまのたんけんにいって、おむすびころりんの、あなをさがしにいきたいなぁ」

琥珀が絵本を読み終わると、陽はそう言ってシロと淡雪を見る。

「それは、とてもたのしそうです。しかし、やまはひろいですから、どのあたりにねずみどのたちのあながあるか、あらかじめ、めぼしをつけておかねばなりませんね」

シロが答えると陽は頷き、

「うん。あわゆきちゃんが、おさんぽいけるようになるのは、まださきだから、それまでにどのあたりか、やまのみんなにきいていけば、だいたいのばしょがわかるとおもう」

真剣な様子で返事をする。

「淡雪ちゃんがお散歩に行けるくらいあんよが上手になるのはいつでしょうねー？　ハイハイなら今もすごく速いですけど、つかまり立ちもまだ難しいですからねー」

伽羅が声をかけると、淡雪は足をパタパタさせる。

普通の赤子ではない淡雪は、やはり成長が遅く、まだしばらくは赤子のままだろう。もっとも歩きだして行動範囲が広がると、何かと橡の苦労も増えるので、今の状態がもう少し続いてくれたほうがありがたいのかもしれない。

「おむすびのはなししてたら、おなかすいちゃった」

「そうですね、もうおひるどきです」

陽の言葉に時計を見上げたシロが返すと、

「じゃあ、お昼ご飯にしましょうか。温めてきますから、ちょっと待っててくださいねー」

伽羅は即座に立ち上がり、台所へと向かう。

すでに今日の昼食は準備済みで、温め直すだけで提供できる状態になっていた。

「きゃらさん、ボク、はこぶのてつだう！」

陽がシロを連れて台所へと向かう。台所から伽羅と陽、そしてシロが楽しげに話しているのを聞きながら、涼聖は淡雪をあやす琥珀の様子を眺める。

その視線に気付いた琥珀は、顔を涼聖のほうへと向けた。

「涼聖殿、どうかしたのか？」

「いや、なんでもない。なんていうか、幸せだなーって実感してた。惚れた相手と一緒に暮らして、仕事は順調で、子供たちも可愛くて。有能な主婦がいて……まあ、変わった同居人もいるけど」

涼聖はそう言って、淡雪が来たため水屋箪笥（たんす）の上に移動した金魚鉢の中の龍神（りゅうじん）を見る。

「千歳（ちとせ）殿を守護されるようになって、龍神殿の『気』が少し強くなられたようだな」

琥珀も同じように金魚鉢を見上げて言う。

「そうなのか？」

「ああ。祀（まつ）り、祈る者がいるということは、力となる。千歳殿のような力のあるお子が祈れば尚のこと」

微笑んで言う琥珀に、涼聖は少し眉を顰（ひそ）めた。

「龍神が復帰しちまうのは、千歳にとっちゃあんまりありがたくねぇんだけどな」

涼聖の甥（おい）である千歳は「視（み）える」目の持ち主であり、また人ならぬものに好かれる体質であることからこれまでに喜ばしくない体験を数々してきた。

結果、不登校になってしまい、一時期、この家に身を寄せていたのだが、その際に「誰か神の守護の下（もと）に身を置くことで、嫌な思いはしなくてすむ」と言われ、龍神の守護を受けることにしたのだ。

だが、神の守護を受けるということは将来的にその神に仕える者となるというのが条件となり、好きな職業に就けない可能性があったのだが、復活のために力を溜めている最中の龍神であれば、千歳の寿命のうちに復活はできない。つまり、嫌な思いもせずにすむし、好きな職業にも就けるということでおいしい条件だったのだ。

だが復活が早まるとなれば話は別になる。

千歳が龍神に仕えなくてはならなくなるのだ。

「心配せずとも、龍神殿がそこまで力を取り戻されるのは、人の寿命のうちでは難しい」

「なら、いいけど」

龍神にとっては、全然「よくない」ことかもしれないが、千歳の叔父としては喜ぶべきことだ。

「……千歳は今日も元気に学校に行っているぞ」

眠っていたかと思われた龍神が不意に金魚鉢の中から言った。

「そうか。休まずに行けてるんだな」

「先々週は、妹から風邪をうつされて二日休んだが、それ以外では欠席しておらぬ」

龍神からの報告に涼聖は驚く。

「風邪で、二日休んだだけなのか？」

風邪を引けば一週間かかることもザラで、ヘタをすれば入院騒ぎになった千歳が、たった二日で回復したというのは以前だったら信じられなかっただろう。

「龍神殿が守護していらっしゃるからな。これまでは風邪などで『気』が弱ったところに、つけこもうとするものも多くいたのだろうが、龍神殿の守りがあるゆえ……」

琥珀が説明すると、

「へぇ……、龍神、おまえって結構すごいんだな」

涼聖は感心した様子で言う。

「我の力もあるが、我の守護の内にある者に手を出そうとすれば、それはそのまま龍神族と、手を出してきた者の一族との抗争に発展するゆえ、そこまでの覚悟がなくば、ということだ」

「あー、つまり抑止力的な？　じゃ、そんなすごくないのか」

涼聖の言葉に琥珀は、ふっと笑った。

「いや、ちゃんとした守護の力があってのことだ。そうでなくば、まだ千歳殿の状態では『気』の回復は少し時間がかかっただろう。……龍神殿が謙遜されることも珍しいが、涼聖殿はそのまま受け止めるゆえ、通じなかったようだ」

「こやつはそういう奴だと分かっていたがな」

龍神の声音には苦笑したような気配があった。

そこに、陽とシロが取り皿と鍋敷きを盆に載せて居間に戻ってきた。

「ちとせちゃん、どうかしたの？」

どうやら千歳の話をしている、ということだけは聞こえていたらしい。

「いや、元気に学校に行ってるってさ」

「そうなんだ、よかった！」

「よかったです」

陽とシロは笑顔で言い合う。

千歳の滞在中、三人はすっかり仲良しになった。そのせいで千歳が帰ってしまってから、特に陽は寂しげだったが、シロに、

「つぎにあうやくそくがあってのわかれですから、つぎをまつたのしみにかえましょう」

と言われたこともあって、今は、次に会う時の計画を楽しみに立てている。

「さ、食べましょうかー」

そう言って現れた伽羅が持っていたのは香坂家で一番大きな土鍋に作られたカレーうどんだった。

昨日の香坂家の夕食はカレーで、それをカレーうどんに作り直したらしい。

「好きなだけ食べてくださいねー。汁が残ってたら替え玉も準備できますから」

ちゃぶ台の中央に置かれた鍋敷きの上に土鍋を置くと、

「淡雪ちゃんのご飯も今、持ってきますからねー」

琥珀の膝の上の淡雪に声をかけ、再び台所へと消える。

その伽羅が淡雪の離乳食を準備して戻ってきたところで昼食となった。

「この土鍋でカレーっていうと、なんか、アレな思い出が蘇るな」

取り分けたカレーうどんを食べながら、涼聖がしみじみと呟く。

「ですよねぇ。あの時ほど、カレーの懐の深さを感じたことはありませんでしたよ」

伽羅も感慨深げに返した。

あの時、というのは、以前、開催された闇鍋会のことだ。

食べられる味のものではなかったため、カレールーを投入してなんとか粗末にせずにすんだのだが、あれ以来、闇鍋は香坂家では禁止になった。

もっとも、カレーの懐の深さに興味を持った伽羅が、カレーを作るたびにあれこれとスパイスを工夫するようになったのだが。

基本的に市販のルーをベースにしているらしいのだが、どんどん深みのある味のカレーになっていて、結果オーライかもしれない。

今日のカレーうどんも、残り物のアレンジとは思えないほどにおいしく仕上がっていて、全員が満足をして昼食を終えた。

そして、まったりと食休みをしていた時、

「どうやら、客人のようだな」

不意に琥珀が言い、伽羅も頷いた。

「そうみたいですねー」

「では、われはへやにもどってまいります」

ちゃぶ台の上にいたシロはそう言うと、陽の手と体を伝って畳(たたみ)の上に下り、陽の部屋にあるカラーボックス内の自室に戻った。

それからややして、家の前の坂道を車が上って来て、慣れた様子で香坂家の家の前に停められる。

車から降りて来たのは、倉橋だった。

誰が来たのか、縁側に偵察に出ていた陽は倉橋の姿が見えると大きな声で報告する。その声は
「あ、くらはしせんせいだ!」

倉橋にも聞こえていたのか、縁側の陽に視線を向けて手を振ってきた。

それに手を振り返す陽の足元には、倉橋の名前を聞きつけて琥珀の膝の上からずり下りて、高速ハイハイでやって来た淡雪の姿があった。

倉橋が縁側に近づくと、淡雪は抱っこをせがむように両手を上げて倉橋を迎えた。

「こんにちは、陽ちゃん、淡雪ちゃん」

倉橋は二人に挨拶をしてから、持っていた茶封筒を縁側に置き、淡雪を抱き上げた。

「今日も元気そうだね、淡雪ちゃん」

倉橋は抱き上げた淡雪の様子を確認してから、居間にいる涼聖に視線を向けた。

「急に来て悪いね」

「別にかまいませんよ。休みでのんびりしてたところですから。どうぞ、上がってください」

涼聖が言うと倉橋は淡雪を抱いたまま、玄関へと向かった。

外から戻ってきたり、出かけたりする時には、縁側からではなく玄関から、というのが陽の教

育のために決められた香坂家のルールで、倉橋もそれを知っているのだ。

陽は倉橋が縁側に置いた茶封筒を手に居間に戻ると、伽羅がすでに準備していた倉橋のための座布団の横に置く。

すぐに倉橋が居間に姿を見せると、抱っこされた淡雪はそれまでもご機嫌だったが、それが超ご機嫌モードに入っていた。

「淡雪ちゃん、倉橋先生が来てくれてよかったですねー」

伽羅が声をかけると、淡雪はにぃぃっと笑ったあと、倉橋の肩口におでこを擦りつける。

「毎回会うたびにこんなに歓迎されると、感動するね」

倉橋が笑って言う。

「くらはしせんせい、ここ、どうぞ」

陽が準備された座布団を勧め、倉橋は「ありがとう」と言って、そこに腰を下ろす。

「淡雪ちゃんが来てるってことは、橡さんは客間で休んでるのかな?」

淡雪が香坂家に来ている時は、大体そのパターンが多いため、倉橋は今日もそうだと思った様子だ。

「いえ、仕事なんですよ。いつも淡雪ちゃんの子守りを頼んでる友達も今日は予定が入ってるってことで、預かったんです」

涼聖が説明すると倉橋は納得した様子を見せたが、

「そうだったんだ。仕事と子育ての両立は大変そうだね」

やはり橡のことは心配そうだ。

「まあ、そのあたりは注意してサポートしていきます。……それより先輩、どうしたんですか？

急に来るなんて」

倉橋の訪問はいつでも歓迎だが、何の連絡もなくやって来るのは彼らしくなくて、涼聖は聞いた。

「ああ、すまないね。病院を出る時に連絡をしようと思ったんだけど、携帯の充電が切れてるのに車に乗ってから気づいてね。一度家に戻って充電しよう、とも思ったけど、家に戻ったら出かけるのが億劫になりそうだから、香坂がいなかったら待たせてもらうつもりで来たんだ」

倉橋は言いながら、淡雪を胡坐をかいた足の間に座らせると、陽が持って来ていた茶封筒から一枚のCD－ROMを取りだした。

「この患者の見解が院内で割れててね。香坂の意見を聞きたいと思って」

「なんだか、重大そうな役を急に振りますね」

「意識調査程度だと思ってくれていいよ」

倉橋は笑って軽く返したが、仕事の話になるのは分かった。

「陽、あちらの部屋で絵本を読むか？」

二人の邪魔にならないようにと、琥珀はそっと退室を促す。

「うん！」

陽は笑顔で頷き、立ち上がる。

「気を遣わせてすまないね」

倉橋が謝ると、琥珀は、

「気にされずともよい。さ、陽、行こうか」

陽と一緒に、隣の陽の部屋へと向かった。

「あ、俺もお茶出したら行きますっていうか……倉橋先生、お昼ご飯はもうすんでるんですか？　まだなら準備しますけど」

伽羅が問うと、倉橋は軽く頭を横に振った。

「ありがとう、病院を出る前にすませてきたんだ。伽羅さんに腕を振るってもらえるなら、簡単にうどんですませるんじゃなかったかな」

「うちもカレーうどんでしたよ」

涼聖が笑うと、奇遇だね、と倉橋も笑う。

「じゃあ、お茶だけ準備しますね。今日はこのあと、また病院ですか？　ゆっくりできるなら一緒に夕食いかがです？」

伽羅が誘うと、

「仕事はいいんだけど、じゃあいただこうかなって言うと厚かましくないかな」

倉橋は言って、涼聖を見る。

「全然かまいませんよ。淡雪ちゃんも先輩と一緒だと喜びますから」

涼聖の返事に倉橋は微笑む。

「じゃあ、甘えさせてもらおうかな」

「分かりました。存分に腕を振るわせてもらいますね」

伽羅はそう返事をしてお茶の準備をしに台所に向かい、涼聖はノートパソコンを取りに部屋に戻った。

涼聖が居間に戻って来るとすでにお茶の準備は終わっていて、倉橋がお茶を飲みながら、淡雪の相手をしていた。

「見せてもらいますね」

涼聖はちゃぶ台に置いたパソコンに倉橋が持ってきたCD－ROMをセットする。

入っていたのはある患者のカルテだった。

「拡張型心筋症ですか……」

病名を呟いたあと、経過と最新の検査結果を見る。

「香坂なら現段階でどう対処する？」

「待機リストの順番と現在の病状から考えたら、手術で状態の改善をするのが一番だと思います。そうでなければ、順番が回るまで患者がもつかどうか分かりませんし……」

心臓病の一つである拡張型心筋症は、完治には移植しかない病だ。その移植までは何年も待つことがほとんどで、患者の状態を考えると今の待機順では厳しい状況に思えた。

「やはり、そうなるな」

「ええ。手術も、耐えうる体力があってのことですし、今が最適というかチャンスとしてはギリギリかと思います」

術式についても話したがやはり、二人の意見は一致した。

涼聖の言葉に倉橋は頷いた。

「でも……総合病院の心臓外科で対応できる先生は……?」

「助手を務めたことがある、という先生はいるけれどね。オペのできる医師のいる病院への転送も考えたけれど、長距離の移動になる。そのストレスも心配だし、付き添う家族の負担を考えるとね」

遠方での手術となれば、通うか、一時的にそちらに仮住まいをして退院まで待つことになるだろう。

倉橋の様子からは家族に身体的な負担だけでなく金銭的な負担もかなりのしかかっていることが推測できた。

「俺は救急医だから、この患者の手術に携わることはないだろうが、相談されてね。俺も香坂と同意見なんだが、病院や患者の状況を考えると、難しいことも分かる」

倉橋が今在籍している総合病院は、かつて勤務していた大学病院とは雰囲気が違い、どの科であっても医師同士は和気あいあいとしている。

倉橋が相談を持ちかけられるという状況も簡単に理解できるというか、時折、こちらから回した患者の様子を診に行くと、涼聖にも意見を聞いてくることがあるくらいだ。

「病気のことだけを考えれば、オペを、と思います」

「ああ」

倉橋は頷いたが、思案げだ。

病から患者を助けることがもちろん最優先だが、その患者を支える家族のことも考えなくてはならないことも分かる。

だからこそ、悩むのだろう。

少し間を置いて、倉橋が口を開いた。

「オペをするのが現段階での最善だとしよう、問題は、うちの病院でこの事例の執刀経験がある医師がいないということだ。必然オペのできる病院に患者を送り出すことになる。だがそうすれば、家族の負担という問題が新たに出てくる」

「総合病院に執刀できる医師が来れば一番いいんでしょうね。とはいえ、執刀できる医師となると限られてくるでしょうし……。執刀件数、依頼できる関係性かどうかを考えると、とりあえず一人、浮かぶ人はいますけれど」

涼聖が呟きながら倉橋を見ると、

「ああ。俺もそうだよ」

どうやら同じ人物を思い浮かべているらしく、苦笑いを浮かべた。

「コンタクト取ってみて、こっちで執刀してもらえないか相談してみたらどうですか？」

涼聖は提案する。

「そうだね。そうしたら、交換条件として俺に成央に戻れって言ってくるだろうな、確実に」

変わらず苦笑いのままだが、さっきよりも苦味が増している気がした。

救急医療体制の抜本改革のため、という名目で短期間、こっちの病院に籍を置いている倉橋だが、最初に提示されていた期間を過ぎて久しい。

そのため、帰還命令は矢の催促だ。それをのらりくらりと躱(かわ)し続けてきたが、それもそろそろ限界かなという感じがある。

なので、一時的な帰還を考えてはいるが、借りを作っての帰還となると、こちらに戻ってこられなくなる公算が大きくなるので、できるだけ本院を頼りたくないというのが本音だ。

涼聖もそれは理解できるので、無理に本院から医師を呼ぶことを勧められなかった。

「……もう一人、こっちに来てもらっての執刀をお願いできるほど親しいってわけじゃないんですけれど、心当たりだけならありますよ。……一応、アポを取ってみましょうか？」

涼聖の提案に倉橋は思いがけない、というような顔をした。

「ツテがあるのか？」

「ええ。俺がこっちに来るのを決めた時に、講演会で他の先生に紹介してもらったんです。成央を辞めて田舎に移るって話をしてたらずいぶん興味を持ってくれて……年賀状のやりとりだけってレベルですけど」

望みが薄いということだけは言外に伝えるが、倉橋は頷いた。

「声をかけてもらえるだけでもありがたい」

「じゃあ、連絡を取っておきます」

涼聖の返事に倉橋は安堵を覚えたが、一番の可能性を自分の事情で潰している自覚は充分にあり、やりきれない思いはどうしても残る。

そんな倉橋の心情に気づいたのか、倉橋に抱っこされてご機嫌だった淡雪は、不意に倉橋を見上げた。

「くーし！　くーし、にー」

自分を抱く倉橋の手を小さな手でぺちぺちと叩いて倉橋の気を引くと、笑ってみせる。

『笑って』と言いたいのだろうというのが分かり、倉橋はふっと笑った。

「淡雪ちゃんはいつもいい笑顔だね」

倉橋は言って、指先で淡雪の頰をツンツンとつつく。

それに声を上げて喜ぶ淡雪を見ながら、

——淡雪ちゃんが無条件でいい笑顔を見せるのは、先輩にだけです……。

出そうになる言葉を堪える涼聖だった。

夕方、居間で全員がそろって和やかにお茶を飲んでいると、橡が帰ってきた。

「あ。つるばみさん！　おかえりなさい、おしごとおわったの？」

庭先に姿を見せた橡を真っ先に見つけた陽は、縁側に出て橡を迎える。

「ああ」

橡は短く答えながら、陽へと近づいた。

「おう、お疲れ」

居間から涼聖が声をかけると、

「おかえり。淡雪ちゃんもいい子で待ってたよ」

倉橋もそう声をかけてきた。

倉橋が来ていることは、事前に伽羅から心話で連絡がきていたので知っていた。だから庭先に飛んで下りてくるようなことはしなかったのだが、倉橋の顔を見ると心臓が妙な感じになった。

「ああ…、面倒見てもらって、すみません」

なんとかそう言ったあと、ふっと見ると伽羅が何やら面白そうに椽を見ていた。

――おまえがヘンなこと言うから、意識しちまってんだろうが！

伽羅に言いたいのは山々だが、この状況で言えば完全にヤブヘビになる。

「つるばみさん、あがって。いっしょに、おちゃのも！」

陽が笑顔で誘うが、倉橋がいる状況で落ち着いてお茶を飲めそうな感じもしなかったので、

「いや、ありがたいが、帰る。淡雪、帰るぞ」

椽が声をかけると、倉橋に抱っこされてご機嫌だった淡雪が突然眉根を寄せた。そして、倉橋の服をギュッと摑む。

「淡雪、朝から散々遊んでもらっただろ」

帰らないという淡雪の意思を感じ取った椽が再び言うと、淡雪は目に涙を溜め、号泣の構えに入った。

――あ、めんどくさい流れになるヤツだ……。

倉橋以外の大人組が同時に認識する。

「淡雪ちゃんはまだ帰りたくなさそうだ。夕飯、食って行けよ」

涼聖の言葉に、椽が返事をするより早く、陽は椽の手を摑んだ。

「そうしよ！　ごはんいっしょにたべよ！」

橡は淡雪の号泣にも弱いが、打算のない陽の笑顔にも弱い。

結局、橡は香坂家で夕食を食べることになってしまった。

とはいえ、伽羅が面白がりながらも、挙動不審な橡に配慮をして、

「仕事で疲れたでしょー？　夕食の準備が整うまで一時間ちょっとかかりますから、客間で横になってきたらどうですかー？」

と言ってくれたこともあり、橡は遠慮なくその言葉に乗っかって客間へと逃げた。

もっとも、疲れていたのは事実で、客間でいつも通りに布団を出して横になったあとは、陽がご飯ができたと呼びに来てくれるまで寝ていたのだが。

「毎回ごちそうになるたびに、伽羅さんの料理のレパートリーと腕が上がっていて驚くね」

食事が始まると、並べられた料理に倉橋が驚きつつ言う。

「ありがとうございます。でも、今日は倉橋先生や橡殿がおいでだから、いつもより張り切って、かなり豪華にしてるんですよー」

診療所がある日、陽は向こうで食べて帰るので、帰って食事をするのは涼聖と琥珀だけだ。

男所帯であることを気にかけておすそわけをいただくことも多いので、伽羅は一品添える程度のこともある。

休日は伽羅と涼聖でいろいろと作るが、その時と比べても今日は豪華だ。

とはいえ、いつもより二人多い――淡雪は離乳食がある――のだから、当然だと説明されれば

納得できるのだが、一品の量を増やすのではなく、品数を増やして対応するのが伽羅らしい。

食事をしながらの会話は、まずは椽に淡雪が今日はどう過ごしたかの報告を兼ねてのものだった。

「それでね、そのあとは、またつみきをしたの。あわゆきちゃん、じょうずにつめるようになったんだよ」

陽が笑顔で言うのに、倉橋も頷く。

「三段までは完璧ですねー。積木を渡しても投げて遊んでたことを考えると、すごい進歩ですねー」

倉橋にゆっくり食事をしてもらうため、淡雪を引き取って離乳食を食べさせている伽羅が続ける。

「そうか。一緒にいるとあんまり気づかないけど、成長してんだな」

やらかすことにしか目がいかないのだが、いろいろ成長しているのだと椽は思った。

「お兄さんのほうは、仕事はどうだったのかな？」

その椽に倉橋は話を振ってきた。

「え……あ、無事に」

どう返していいか分からず、とりあえずそれだけ言う。

「今日はどんな仕事だったのか聞いても？」

倉橋の問いに椽は戸惑う。

涼聖と琥珀も、助け船をと思ったが話を逸らすのも妙だし、かといって適当な嘘も咄嗟には思いつかなかった。

しかし、妙な間が空く前に口を開いたのは、やはり伽羅だ。

「守秘義務が必要じゃない部分だけ掻い摘んで説明したらいいんじゃないですかー?」

「守秘義務?」

倉橋が意外な言葉を聞いた、という様子で伽羅を見た。

伽羅は、ええ、と頷き、

「現地に来ることができない山林の所有者って多いじゃないですか。そういう人に代わって山を管理する仕事を主にやってるんですよー。人の資産に関係するんで、言っちゃいけないこともあるみたいで。前に、ちょっと先のところで不法投棄が見つかったんですけど、あれを見つけたのも椽殿なんですよー」

「ああ……確かどこかの奇特な社長さんが不法投棄されたものの処理をしてくれたとか、新聞の地方版に載ってたけど、あれのことかな?」

倉橋の記憶に引っかかった事柄があるらしく、そう聞いてくる。伽羅は即座に、

「そう、それです! 行政が動くより先に、山の上の神社を祀ってくれてる社長さんが私費で撤去してくれたんで助かったんですけど、やっぱり管理が行き届いてないとこういうこととか、あ

とは勝手に入りこんでサバイバルゲームしてゴミを捨てていっちゃったり、よからぬことをする人もいないわけじゃないんで、椽さんが委託で管理してるんです」

もっともらしい例を出して説明する。

それがまったく自然な流れで、説明臭くもないところに、涼聖は聞きながら感心した。

「なるほどね。でも、失礼だけど、それだけで食べていけるだけの収入になってるのかな」

椽を無戸籍者だと思っている倉橋は、そこにつけ込まれて安い値で仕事をさせられているんじゃないかという心配と、純粋にどの程度の収入なのか見当がつかないようだ。

「それ以外にも、友人が紹介してくれる仕事もあるんで……まあ、不自由しない程度には」

椽は控えめに答える。それに倉橋はやや安堵した様子を見せたが、

「それなら安心だね。ただ、この先淡雪ちゃんが大きくなっていくことを考えたら、いろいろと大変なこともあると思うけど……」

と、続けた。

踏み込んだ内容になるので言葉を濁してはいるが、アルビノである淡雪に、今後何らかの重い症状が出る可能性は低いとは言えない。その時にはそれなりにまとまった資金が必要になる。そういった先のことを考えているのかと、倉橋は言外に聞いているのだ。

「まあ、考えてないわけじゃ……」

歯切れの悪い――実際には淡雪に何か起きても妖力で何とかしてやれるので――椽を助けるよ

うに、

「その時は俺が一肌脱ぎますよー。この美貌を生かして、エスコート業とか!」

胡散臭いほどにキラッキラの笑顔で伽羅は言い、

「レンタル彼氏、みたいなの、需要わりとあるっぽいんですよねー。そうだ! 倉橋先生もお小遣い稼ぎにどうです? 綺麗(きれい)な顔立ちだから売れっ子になりますよー」

名案を思いついた、という様子で倉橋に話を振る。

「先輩の恋人は患者だからな」

笑って言う涼聖に、

「そうなると、複数の恋人が入れ替わり立ち替わりで、たまの休日くらいは休まぬと身がもたぬな」

と琥珀も笑う。それに倉橋も笑いながら、

「そうですね。副業の誘いは魅力的だけど、丁重に断っておこうかな。代わりに橡さんを推しておくよ。ワイルドな雰囲気が好みだってお客さんも多そうだしね」

そっと視線を橡に向けた。

話題が自分の身の上話から逸れたことは嬉しいのだが、伽羅が冗談でも女性相手の仕事に倉橋を誘ったことや、間違いなく売れっ子になる——つまりは女性にモテそうだという事実などに複雑な心境に陥った橡は、

「いや、しばらくは淡雪の相手で手一杯だ」

と返すので精一杯だった。

その返事に伽羅は、

「じゃあ仕方ありません、奥の手として陽ちゃんを雇い入れましょう。人気ナンバーワンになること必至です」

と陽に話を振った。

だが、ご飯に夢中になりつつ、伽羅が話し始めて給仕の手が止まったことで暇になった淡雪がちょっかいを出してきていたため、その相手をしていた陽は、話をまったく聞いていなかったので、キョトン顔だ。

「え……、ボク、なに?」

そのキョトン顔があまりに可愛らしく、

「毎日、月草さんの名前で予約が埋まりそうだ……」

涼聖はそう言って笑う。

「あー、確かに。時報と同時にパソコンで鬼アタックしてきそうですよねー」

伽羅も笑いながら続け、琥珀は口元を押さえつつ笑い、橡も妙な納得をする。

「月草さん? 陽ちゃんから時々聞く名前だけれど、集落の人…かな?」

だが、月草と会ったことのない倉橋は、涼聖や伽羅の発した言葉の面白みがやや分からず、聞いてきた。

「えっとね、つきくささまはね、おおきなじ……」

陽が神社、と言いかけた瞬間、

「山の向こうにある大きな神社の近くに住んでる人なんですけど、そこに琥珀と陽と一緒にお参りをした時に知り合って、それから陽を可愛がってくれてるんですよ」

涼聖が説明を引き継いだ。

「急患があったりってことを考えたら、陽をあんまり遠くまで遊びに連れていってやれないじゃないですか。そういう事情を知って、俺や琥珀の代わりに陽を遊びに連れていってくれたりしてるんです」

「ウサミーランドにつれていってもらったりしたの。すごくびじんでやさしいんだよ！」

にこにこしながら言った陽は、「おしゃしんもってくるね！」と、一度部屋に戻り、それからミニアルバム——人に見せてもいいもの——を持って来て、倉橋に見せる。

「これがつきくささまなの！」

陽が開いたページには長い黒髪の、紛うことなき美女が笑顔で陽と一緒にいる写真があった。

「この人が……。本当に美人だな…、人とは思えないくらい」

倉橋が発した言葉に大人組は一瞬、ドキッとしたが、

「すごいびじんでしょ？　それにやさしいから、だいすきなの」

陽は変わらずにこにこして言う。

「それは陽くんがちゃんといい子だから、優しくしてくれるんだよ」

倉橋はそう言って陽の頭を撫で、大事なものをありがとう、と言ってアルバムを返す。

それに、大人組は安堵を覚え、そのあとは伽羅がまた適当な話題を振って食事は和やかに終わったのだった。

2

食事が終わると倉橋は帰っていった。

これから家に戻って少し眠ったあと、また勤務なのだ。

淡雪は多少拗ねたのだが、倉橋に「またね」と優しく言われて承諾したような感じで、ギュッと摑んだ倉橋の服を放し、見送った。

「倉橋先生の淡雪ちゃんの扱いは、本当に見事な手際としか言えませんねー」

居間に戻ってきて、伽羅は感心した様子で言いながら、みんなのお茶を淹(い)れる。

「本当にそうだな」

同意した琥珀に、

「でも、琥珀が抱いてても大人しいじゃないか」

涼聖は返すが、琥珀は緩く頭を横に振った。

「私が抱いていても、大人しくしておいでだが少し緊張しているように感じる。倉橋殿には安心しきって甘えておいでだが、橡殿に安心している時のように我儘(わがまま)を言ったりはされぬ」

「俺、舐められてんのか？」

橡は困惑した様子で倉橋から抱き取った淡雪を見る。

淡雪は少し眠たいのか、あくびをした。

「このタイミングであくびとか……笑いの神に愛されてるとしか」

呟いた涼聖に琥珀と伽羅は笑い、橡はよすぎるタイミングに呆れてため息をついた。

「それで、橡殿、今日は少し気の張った話し合いに出られていたということだが、何か問題が？」

伽羅が淹れた茶を配り終えたタイミングで、琥珀が問う。

淡雪を預ける時のざっとした説明と、かかっていた時間からしても込み入った話をしていたのは察せた。

「ああ。離れた土地を治めてる別の烏天狗の首領たちと会合があったんだ。いろんな話が出たが、白狐殿の通達を受けて、それぞれの領内にある空になってる祠のことに関しての話も出た」

橡の言葉に琥珀と伽羅の顔が引き締まる。

どの神属であっても、自分が属するものから禍つ神となるものが出たというような話は表に出すことはないのだが、白狐は秋の波の件のあと、他の神属に向かって公表した。

理由は、秋の波が有していた記憶を精査したところ、明らかに秋の波の資質云々ではなく、外部からの干渉に拠るところが多いと判断されたからだ。

他の神属にでも起こり得る、という注意喚起のためだ。

「それぞれの領内の空になった祠に関しちゃ、厄介なモノが住みついたりしねぇように管理してるから、今のところは心配ない。今回の集まりまでに連絡が取れなかったとこにも、直接使いを出して様子を確認するってことになってる」

　橡の報告に、

「問題がないみたいで、一応は安心ってことだよな」

　涼聖は確認するように言う。

「ああ。ただ、烏天狗が首領になって治めてる地域のことしか分からねぇ。別の神属系統の連中が治めてる土地のことは視えねぇし、探りを入れるってのもな。俺らは、琥珀から野狐のことを聞いてたってのもあって、今回の白狐殿からの通達をわりと真剣に受け止めたけど……受け止め方もそれぞれだろうからな」

「つまり、別の神様が治めてる土地のことや反応はどうなってるか分からないってことか……」

　呟いた涼聖に、琥珀は頷いた。

「交流があれば話すこともできるが……。このあたりでも集落が消えた土地神が本霊の許に戻ったか、消えたかした土地がある。そこは主不在の空白地帯だ」

「街へ行く途中の道沿いの集落跡ですよね。トンネルのちょっと手前あたりの上のほうの」

　伽羅の言葉に、涼聖は集落の松島から聞いた幽霊が出るという噂のある旧道のトンネル近くの集落跡だと察しをつけた。

「幽霊が出るトンネルがあるって前に話を聞いたことがあるな。今の道と平行して上のほうに旧道があって……」

涼聖の言葉に琥珀と伽羅は頷く。そして陽は、

「ゆうれいさんがいるの？」

と目を輝かせた。

「陽、幽霊は怖くないのか？」

子供なら幽霊と聞いて怖がりそうなものなのだし、千歳はあのあたりで視た「モノ」を気持ちが悪いものだと言っていたのだが、普通の子供ではない陽は興味津々といった様子だ。

「ゆうれいさん、ときどきしゅうらくでもあうよ。てしまのおばあちゃんのおうちにも、おじいちゃんがときどきいて、ボクがおばあちゃんのケーキをたべてるのをみて、にこにこしてる」

「未練、というわけではないが、お連れ合いのことが心配だったりして、時折様子を見に戻ったりする方は多いな。とはいえ、こちらの世界に干渉してくるようなものではない」

陽の言葉に、琥珀は説明を添えるように言う。

「じゃあ、テレビとかでよくやってるおっかない感じのは、少ないのか？」

幽霊といえば、こっちを驚かせたり、祟ったり、そういったものが涼聖の知っている定番なので意外な気がした。

「っていうか、俺や琥珀殿、陽ちゃん何かにそういう気配の悪いのは近づいてこれないんですよー。なんで、いないわけじゃないです。事故とかで急に命を落として混乱したままって霊も多いですし、寂しさからこっちの人間に構ってほしいってなっちゃうのとか。……千歳ちゃんにちょ

つかい出してたのはそういうのが多いですねー」

伽羅の言葉に涼聖は「あ、やっぱりそういう幽霊も多いんだ」と妙に納得した。

「りょうせいさん、トンネルにはどんなゆうれいさんがでるの？」

陽が、興味深げに聞いてきて、涼聖は以前松島から聞いたトンネルの話をした。

「今、街まで行く道があるだろ？　あの道ができる前に、もう一本別の道があって、今のトンネルと同じようにその道にもトンネルがあったんだが、それをつくってる時に事故が起きてたくさん人が亡くなったんだって。その人たちが幽霊になって出てくるって、そういう噂だ」

「じゃあ、すごくすごくむかしのひとなんだ！　あってみたい！」

明るい声で言う陽に、琥珀は渋い顔をする。

「『昔の人』なら、シロ殿もそうであろう？」

「でも、シロちゃんよりは、さいきんのひとでしょう？　えーっとメイジとかそのあたりの。シロちゃんエドのころのひとだっていってたよ」

違う時代の人と会ってみたいらしい。陽らしいといえば陽らしいのだが、琥珀としては許可をするわけにいかない。

橡は琥珀がどう返事をするのか興味深そうな様子だ。将来、似たようなことが起きた時に淡雪にどう言えばいいのか手本にするつもりなのだろう。

その中、口を開いたのは伽羅だ。

「人のいなくなった集落には、悪い気が溜まりやすいってこともありますし、幽霊が出るって噂があるなら、それへの興味でやって来る人もいるじゃないですか。そういうのって、余計に悪い気を運びますから、一度見に行ったほうがいいかもしれませんね」

伽羅の言葉に琥珀は少しの間、思案げな様子を見せたが、

「確かに伽羅殿の言うことも、もっともだな」

集落跡へ向かうことを承諾した。それに陽は「やった！」と言って万歳をしたが、

「陽、物見遊山で行くのではないぞ」

すぐに琥珀に窘められる。

「じゃあ、今度の診療所の休みに、街へ行くついでに寄るか」

「それがいいですねー。俺も買いたいものあるんで。橡殿、そろそろ淡雪ちゃんのおむつ、ないんじゃないですか？」

涼聖の提案に伽羅はすぐに乗っかり、ついでに橡に声をかける。

「そういやそうだな。もう少しはもちそうだが、買ってきてもらえりゃありがたい」

「分かりました。ついでに淡雪ちゃんの新しいおべべも見てきましょうねー」

伽羅はそう言って淡雪の頬を軽くつつく。

倉橋がいたので昼寝もせずにこの時間まで頑張っていた淡雪だが、眠たそうで半目だ。

「さすがにおねむですねー。朝までぐっすり眠って、橡殿もゆっくりさせてあげてくださいねー」

伽羅は小声で言い、それから淡雪が寝付くまで、全員ヒソヒソ声で会話を続けたのだった。

次の診療所の休みの日、予定通りに街へ買い物に出るついでに、集落跡へと向かうことになった。

集落跡への道はかなり雑草が生い茂り、獣道に近くなっているものの、ここ一ケ月くらいの間に誰かが車で通ったらしく、枝が折れていたり、雨の翌日だったのか轍(わだち)が残っている場所があった。

そのあとを追うように車を進めると、十分ほどしたところに集落跡はあった。

車から降り、外に出たが、集落跡の大半は住民がいなくなってから生えてきた草木に飲み込まれている。木造の家は崩れてしまっているところも多く、レンガやコンクリートなどで作られた建物は残っているが、蔓草(つるくさ)に覆われていた。

メインストリートだっただろうコンクリートで舗装された二メートル弱の幅の道は、ところどころひび割れてそこから草が生えてきているが、まだちゃんと「道」と認識できる。

「あ！　こまいぬさん！」

陽が何かを見つけ、走りだす。その先には小さな階段があり、両脇に狛犬(こまいぬ)があった。

蔓草に飲み込まれていてもおかしくないはずなのにはっきりと姿を見せているのは、以前の侵入者が巻きついていた蔓草を引きはがしたからなのだろう。

その痕跡があったたし、飲み食いしたお菓子とペットボトルの殻も打ち捨てられていた。

陽に追いついた琥珀が周囲を見渡し、呟く。

「ここがこちらの土地神殿のいらした祠のようだな」

狛犬のすぐ後ろにあったのだろう鳥居は基礎を残して倒れ、その倒れた鳥居に押しつぶされたらしく、祠も崩壊していた。

「祠が壊れて、なのか、それ以前にすでに、なのかは分かりませんが、土地神殿はおいでになりませんね」

伽羅が分析する。

「ひともいないけど、ゆうれいさんもいないね」

陽は少し肩透かしを食らったような様子だ。

「そうだな。ここから移られた人たちと一緒に移られたか、上がられたかしたのだろう。……よいことだ」

琥珀はそう言いながら、陽の頭を撫でる。

「もう少し、探ってみましょうか」

祠跡に問題がないのを確認してから、集落のメインストリートに戻り、歩く。

涼聖も周囲を見渡しながら歩いたが、もともと、何も感じない性質だからか、それとも晴れた昼間だからか、不気味な感じは一切なかった。

ただ、自然に還るのを待つ最中の静けさがあるだけだ。

「栄枯盛衰(えいこせいすい)っていうんじゃないけどさ、人がいた頃を想像できるものが残ってるのに、誰もいない感じってなんか、感慨深いっていうか……なんだろう、ちょっと感じるものがあるな」

「不感症の涼聖殿も、それは感じるんですか？」

からかうように伽羅が言う。

「その『感じる』じゃねぇ。ノスタルジック、とかそういう感じだ。俺が戻って来る前のあの家も、空き家になって数年ってとこだったけど、やっぱ今とは雰囲気違ってたからな」

「今は賑やかだからな。どんな状況であれ、人が出入りしている家は『気』が違う」

琥珀が微笑んで言う。

確かにあの家は賑やかだ。

住んでいる「人」は涼聖だけなのだが、留守は伽羅とシロ、そして金魚鉢の中で眠っていることが大半とはいえ、龍神が守ってくれているし、陽に会いに月草や秋の波たちが遊びに来る。それに、育児に疲れた橡が休みに来たり、淡雪の様子を見に倉橋が来たりもして——。

「考えてみりゃ、あの家、なかなかのカオスっぷりだよな」

言った涼聖に、伽羅は大袈裟にため息をつく。

「今さら言います？　不感症にもほどがあるっていうか……」

「おまえらが堂々としすぎてんだよ。朝からピザ生地仕込む神様とか、聞いたことねぇよ」

「残念でしたー。朝から仕込んでたのはピザ生地じゃなくて、ナンです。いつもご飯だから、今度一度ナンで食べてみようかと思って。その試作用です」

伽羅の返事に涼聖はほっとする。

伽羅のカレーはおいしいが、つい先日カレーを、その翌日にカレーうどんを食べたところなので連続しすぎは多少つらい。

「こんどはバターチキンカレー、つくる？」

カレーと聞きつけ、陽がすぐに伽羅に問う。

「作りますよー。このまえは琥珀殿が好きな厚揚げを入れたものでしたからねー。そういえば涼聖殿は、辛めってだけで特にこだわりないですよね」

「ああ。基本、おまえの飯はなんでもうまいからな」

「そのセリフ、素直に嬉しいですけど、どうせなら琥珀殿から聞きたかったなぁ」

伽羅は言ってちらりと琥珀を見る。苦笑する琥珀の手を、陽はきゅっと摑むと、

「こはくさま、きゃらさんのごはん、おいしいよね？」

そう問いかける。

「ああ、そうだな。伽羅殿の作るものは、どれも皆、おいしいな」

琥珀が答えると、伽羅は感動しきった顔で、

「これから、もっと精進します！」

はりきりながら返したあとで、

「あ！　今の録音しとけばよかった……！」

と、素で残念がる。

「俺、いい商売思いついた。琥珀の声を録音しといて、おまえに売ろうかな」

涼聖が言うと、伽羅は真面目な顔で、

「モノによっては言い値で買い取ります」

即答する。

「まったくそなたたちは相変わらずだな。……とりあえず、私が視たところ、ここには何の問題もなさそうだが、伽羅殿はどうだ？」

琥珀は呆れながら、伽羅に聞いた。

「琥珀殿と同じく、ないですね。綺麗な空間って感じです」

どうやら、集落跡には何の問題もなさそうなので、次は『幽霊が出る』という噂のあるトンネルまで行くことにした。

車まで戻り、そこから旧道沿いに進む。

これまでの道と同じく、少し前に人が立ち入ったらしく草が踏みしめられた跡があった。

そして五分ほど行くと、そのトンネルが見えてきた。

涼聖たちがいつも街へ行くのに使うトンネルよりもかなり天井が低い。

入口には鉄格子がされ、中に入ることはできないようになっているが、入口近くにはトンネル工事中に起きた事故の慰霊碑が立てられていた。

持ってきた懐中電灯で中を照らすと、入口付近はレンガで固められているが、少し奥は素掘りの跡のごつごつとした岩肌が剝きだしになっているのが見えた。

「今のトンネルって、コンクリートで綺麗に表面を塗り固めてるから、作業の跡っぽいのが感じられなくて、よっぽど長いとかっていうんじゃない限り特に何も感じないけど、こういうの見るとトンネル作るのって大変なんだろうなぁって改めて思うな」

中をじっと見て呟く涼聖の隣で、陽も鉄格子を摑んで中を凝視する。

「なかにはいったら、ずーっとつづいてて、むこうがわにでられるのかな?」

「どうだろうなぁ。中で崩れてなかったら行けるかもしれないけど、鉄格子で入れないようにしてあるってことは、多分危ないってことだろうな」

好奇心の強い陽が「きつねさんのすがたにもどったら、ここ、すりぬけられるかな」などと言いださないように、涼聖は「危ない」と敢えて言う。

「そっか。なかにはいったらあぶないから、とうせんぼしてあるんだ」

陽は素直に返事をする。それに安堵していると、

「事故の記憶はこの土地にあるが、ここに縛られている霊はいないな」

様子を探っていた琥珀が見立てを口にする。

「そうですねー。肝試しに来たところで、出るのは野兎とかそのあたりでしょうねー。事故の話が独り歩きして、勝手に肝試しスポットになっちゃったんでしょうね」

伽羅は言うと、捨てられていたお菓子の袋をつまみあげて、持ってきたビニール袋に入れた。

さっきの集落跡でもそうだが、伽羅と琥珀は落ちているゴミ類を拾い集めていた。

そういうものが悪い気が溜まるきっかけになるらしいので、四人で簡単にそのあたりのゴミを拾っていく。

だが、陽はトンネルの奥がやはり気になるのか、ゴミを拾いながらもトンネルのほうをじっと見ていた。

「陽、トンネルが気になるのか?」

涼聖が声をかけると、陽は、

「うん。おやまのあなぐらは、あさいとあめがふきこんじゃうけど、このとんねるくらいおおきくて、おくまであったら、いっぱいおうちがつくれるなっておもったの」

どうやら山で暮らす動物たちの家のことを考えていたらしい。

陽らしいといえば陽らしい発想に涼聖は陽の頭を撫でた。

「そうだな、たくさん家が作れるな」

「シロちゃんのおへやみたいに、カラーボックスたくさんならべたら、マンションって？　みたいなのつくれるね！」

「動物さんのマンションか。陽が大きくなったら作るか？」

「うん！　つくってみたい」

笑顔で言う陽は掛け値なく可愛い。

その陽と涼聖に、ゴミを拾い終えたらしい琥珀が声をかけた。

「何もないことは確認できたから、そろそろ行かぬか」

「そうだな。行こうか」

涼聖が声をかけると陽は頷き、一緒にトンネルから離れる。

だが、陽は少し歩いて何かの気配を感じたような気がして足を止め、トンネルを振り返った。

その時、トンネルの中に何かが見えた。

いや、何かが見えたような気がした。

「あれ……？」

目を凝らし、じっと見なおすが何もない。

――ひかりのかげん、かな？

山で遊んでいても、入ってくる光や吹いた風で揺れた枝の加減で、動物がいたような錯覚が起きることがある。

じっと見ても何もないので、多分それと同じだろうと結論づけ、陽はまた前を向き、涼聖や琥珀たちを追って歩き出した。

3

倉橋に相談をされていた手術の件で、涼聖が連絡を取った医師、桑原（くわばら）から電話がかかってきたのは、集落跡に出かけた翌日、休診時間に入ってからのことだった。

『添付されてたカルテや画像資料を見たけど、今の内にオペをしたほうがいいだろうねぇ』

「桑原先生のお見立てもそうですか」

涼聖が言うと、桑原は、ああ、と短く相槌（あいづち）を打った。

『患者の体力的にも気力的にも、今が時期だと思うよ。……それで、そちらには執刀できる医師がいないから私に、ということだったけれど、私としては日程の調整がつけばかまわないよ』

「本当ですか？」

『もちろん。ただ、本当に私でいいのかい？　患者は成央の系列病院だろう？　成央にもこのオペができる先生がいるのに、それを差し置いてというのは……』

桑原の言葉は想定していたものだった。

成央には、今回の手術ができる医師がいるし、地方とはいえ成央の系列病院の患者だ。成央から医師を回してもらう、というのがもっともなやり方だ。

「それはそうなんですが……、少し不義理をしているもので頼みづらくて」

言い淀みながらの涼聖の言葉に、桑原は納得したような相槌をした。

桑原と会ったのは涼聖が成央を辞めることが決まった頃で、その後無医村となった集落の医師になったことも知っている。

辞めた病院に頼む、という居心地の悪さを理解してくれた様子だ。

無論、涼聖にはあまり居心地の悪さはないのだが、そういうことにしておいたほうがいろいろと都合がいい。

『じゃあ、できるだけ早めに日程を調整してみるよ。以降の連絡も香坂先生に、でいいのかな？それともオペをする病院に？』

「あちらの病院には話を通してありますので、桑原先生の御都合のいいほうで」

『じゃあ、香坂先生にしておこうかな。窓口は一つのほうが分かりやすいからね』

日程が決まったらまた電話をするよ、と言って桑原は電話を切った。

「どうやら、よい話のようだな」

食べ終えた昼食の食器を流し台に運び終えた琥珀が声をかけてきた。

陽は早々に食べ終えて、午後の散歩に出たあとだ。

「ああ。この前、倉橋先輩が家に来て相談してたオペのことで、執刀してくれる先生が決まったんだ」

あの日、涼聖はあとで琥珀に倉橋が来た用件について話していた。

隠すような話でもないし、琥珀はそういったことを気にするタイプではないが、困らせたり心配をさせたりするようなことではない限り、涼聖自身が琥珀にはなんでもオープンにしておきたいからだ。

「そうか、よかったな」

「ああ」

「倉橋殿にも急ぎ連絡を差し上げたほうがいいだろう」

琥珀に助言され、涼聖は再び携帯電話を手に取る。そして、倉橋にメールを入れた。

丁度手が空いていたのか、すぐに電話がかかってきたが、執刀医が決まったことに倉橋は安心した様子だった。

『じゃあ、引き続き香坂が窓口になってくれるってことでいいのかな』

「そうですね。日程が決まってからそちらに引き継ぎます。その際の連絡先は外科部長でいいんですか？」

『そうだね。オペに関わるのは外科だから。……引き受けてもらえて、本当によかったよ』

倉橋が返した時、ホットラインのコール音が聞こえた。

「仕事みたいですね。じゃあ、返事があったらすぐに連絡しますから」

涼聖はそう言うと電話を終えた。

いい流れで話が進んで、涼聖も安堵していたのだが、二日後にかかって来た桑原からの電話で事態は急変した。

『成央系列の病院での執刀ということで、一応話を通しておいたほうがいいだろうと思って、成央に連絡をしてみたんだがね』

挨拶のあと、桑原はそう切り出し、涼聖は嫌な予感を覚えた。

「あ、はい」

『そうしたら、系列病院のことで手を煩わせるのは申し訳ないということで、成央からオペのできる先生を回してくださるという話になったんだよ』

「え……」

――この流れ、ヤバいやつじゃねえか？

電話越しにでも涼聖が戸惑っているのは分かったのだろう。

『香坂先生が、成央を出た身で依頼をするのは気が引けるように感じておいでで、こちらに話を回された様子だったと話したんだが、先生が出られたことは確かに惜しいけれど、誰にでもできることではないから、と快く受け入れていらっしゃる感じだったよ』

桑原は涼聖が戸惑っている理由を不義理の件だと思っているようで――そう思わせたのは涼聖だが――気にしないようにと言外に告げた。

「そう、ですか……」

『おや？　余計なことをしたかな？」

涼聖の声のトーンの低さを不審に思ったのか桑原が問い返してくる。それに涼聖は慌てた。

「いえ、そうじゃありません。自分の意固地さのせいで、桑原先生に余計な気遣いとお手間をかけさせてしまったと思って……」

『いやいや、香坂先生の気持ちは分からないでもないからね。そんなわけで、改めて成央から連絡があると思うよ』

そう言う桑原に礼を言い、電話を終えたあと、涼聖は倉橋にすぐメールをした。

『一番避けたかったパターンになったかもしれません』という出だしで、成央から医者が来ることになったと伝えると、三十分ほどしてから電話がかかってきた。

『今、メール見たんだけど……マジでか』

「マジです」

『心当たり、一人しかいないな』

「俺もです」

涼聖が言ってため息をつくのと、涼聖の返事を聞いて倉橋がため息をつくのは同時だった。

その涼聖の様子に、琥珀は何やら難儀なことになった様子だなと思いつつ、とりあえず涼聖から話をされるまでは聞かずにおこうと決めた。

成央から医師が派遣されることに決まったため、早々に涼聖は連絡窓口のポジションから外れた。

涼聖を挟む必要がないからだ。

もともと涼聖は相談を持ちかけられただけで、患者とは関わりがなかったため、それきり何も伝えられなかったし、聞く気もなく――成央から来る医師のことで、倉橋がどうするのかは気にかかったが――いつも通りの日々を過ごしていた。

このところ気候が落ち着いていることもあって、この日の来院患者数は少なく、受付時間が終了して間もなく最後の患者の診療が終わってしまった。

「こんな日もあるんだな」

診療室から待合室に出てきた涼聖は、受付の中で後片づけをしている琥珀に声をかける。

「そうだな。そろそろ陽も戻って来るだろう。昼食の準備を……」

琥珀が言いかけた時、診療所の前で二台の車が停まり、人が降りてくる音が聞こえた。

受付時間が終わっても患者が来れば診るのが涼聖だ。患者が来そうな気配に気を悪くするでもなく、

「車での来院で、ローテーションから考えると平川のおじいちゃんか、野村のおじいちゃんか……」

やって来そうな患者の予想を始める。

だが、診療所の扉を開けて入ってきたのは患者ではなかった。

「香坂、今日はもう終わりか？」

待合室に姿を見せたのは倉橋と、そして少し長めの髪をした伊達男という言葉がしっくりくる長身の男だった。

「……成沢先生」

涼聖が名前を口にすると、伊達男はにこりと笑った。

「よかった、覚えててくれたんだね」

「忘れられてるなんて思ってないでしょう？　オペ、今日なんですか？」

涼聖の言葉に伊達男――成沢智隆は微笑みながら頭を横に振った。

「ううん、オペは明後日だよ」

「明後日？　ずいぶん早くいらしたんですね」

成沢は成央大学付属病院の第一外科で副部長を務める男だ。その肩書きにふさわしい一流の腕を持ち、スケジュールは常に手術とデートの予定で埋まっている――と、涼聖が成央にいた当時はもっぱらの噂だった。

デート、という部分は、彼の外見から出た噂でしかないが、手術のほうは事実で、かなり忙しい。

その戎沢が手術前日に来るならまだしも、二日前に来るなどというのは意外すぎた。

「休みも兼ねて来たんだよ。倉橋くんが帰ってこようとしないくらい、ここはいいところみたいだから興味があってね」

成沢がそう言った時、診療所のドアが開く音がして「ただいまー」と陽の声がした。ほどなく、パタパタと小さな足音を立てて待合室にやって来た陽は、診療所の前に停めてあった車で倉橋が来ていたことに気づいていたらしく、入ってくるなり、

「やっぱりくらはしせんせいだった！　こんにちは！」

元気よく笑顔で挨拶をしたあとで、隣に立つ成沢に気づいた。

元気印で基本的に人見知りしない陽だが、初対面の人には少し緊張する。そのため、涼聖の後ろにちょこっと隠れると、顔だけをちらりと見せて成沢を見て、

「えーっと、おきゃくさま？」

可愛らしく小首を傾げて聞いた。

「そうだよ。成沢智隆といいます」

成沢は少し腰を曲げて、陽に目線を近づけて言うと、

「髪と目の色が同じみたいだから、受付の彼の息子さん……にしては、若いお父さんすぎるかな？弟さん？」

受付の中にいる琥珀に視線を向けて続けた。

「血縁に間違いはないですけれど……甥っ子みたいな感じっていうか。紹介します、この子が陽で、受付にいるのが琥珀です。陽は日本生まれ、日本育ちですが、琥珀はそうじゃないので、日本語が……」

「あんまり分からない？　英語のほうが意思疎通できる感じかな？」

涼聖の説明に、想像できる範囲内のことを問い返す成沢に、

「時代劇で日本語を覚えた系なんで、言葉のチョイスが、ちょっと」

涼聖はそう返すと、成沢はありがちなことだと思ったのか、頷いた。

「なるほどね。初めまして、琥珀さん、それから陽くん」

「初めまして」

琥珀は薄く笑み、会釈を返し、陽も「はじめまして」と笑顔で返す。

これ以上二人についてあれこれ聞かれても困るので、涼聖は早々に話題を逸らすことにした。

「明後日がオペってことは、明日はオフですか？」

「今日このあとから、明日の午前中まではね。今、病院でカンファレンスをしてきたところなんだ。明日の午後にはもう一度病院に行って、患者さんとご家族に改めてオペの説明と、最終確認をして、明後日のオペって流れかな」

「じゃあ、病院近くのホテルに？」

倉橋とて後藤の家に間借りをしているので、そこに泊まるということはないだろう。それなのになぜ集落まで来たかといえば、単純に涼聖がどんなところで開業したのか見るためなんだろうと思った——のだが、

「んー、一応そのつもりでは来たんだけど、まだホテルは取ってないんだよね」

成沢はそう言うと、にっこりと邪気のない笑みを浮かべた。だが経験上、この笑みが曲者だと涼聖も倉橋も知っているので、放たれる言葉に身構える。

そして、成沢が口にしたのは、

「香坂くんの家って、空いてる部屋、ないかな？　久しぶりに会ったんだし、いろいろと話したいな」

という、予想通り多少厄介な言葉だった。

「空いてる部屋ですか」

「倉橋くんも、休暇で来た時、香坂くんの家に泊まったんでしょう？」

悪気のない笑顔で、断れないように追い詰めてくる。

そして、やりとりからお泊まりの気配を察した陽は、

「おきゃくさま、おとまりするの？」

すでに緊張は吹き飛んだらしく、わくわくした顔で涼聖を見上げる。

それに涼聖が答えるより早く、成沢は、

「香坂くんがＯＫしてくれたら、だけどね」

ナチュラルに陽を味方に引き寄せる発言をしてきた。

——あー……、これ、もうアウトなやつだ…。

涼聖が思うのと、

「りょうせいさん、おきゃくさま、おとまりダメ？」

陽がコテンと首を倒しておねだりしてくるのは同時だった。

アウト、つまり、自分の負けを確信していた涼聖は、成沢を見ると、

「寝るところの提供しかできませんけど、いいですか？」

そう聞いた。

「ホテルだってベッドしかないんだから充分だよ。陽くん、ありがとう。香坂くん、泊まらせてくれるって」

成沢にお礼を言われ、陽ははにかむように笑ってから涼聖を見て、

「りょうせいさん、ありがとう」

許可をしてくれた涼聖に礼を言う。その様子に倉橋は笑った。

「香坂は、相変わらず陽くんには弱いな」

「いいんです、陽は可愛いから連敗しても」

開き直ったような涼聖の言葉に、倉橋はくすくすと続けて笑ったあと、

「成沢先生が香坂の家に泊まるなら、夜、少し顔を出すよ。先生を今から香坂の家に送ったほうがいいかな？　俺、そろそろ病院に戻らないとならないから、ついでに」

そう聞いてきた。

「いや、もう休診時間だし、俺が送って行きますよ」

「そう、じゃあ頼もうかな。じゃあ、また夜に」

そう言って診療所をあとにする倉橋を見送ってから、

「先生、今から家に案内しましょうか？　丁度昼休みですし」

涼聖は成沢に視線を向けた。

「そうだねぇ……、それもいいけど、ちょっと診療所の案内をしてほしいかな。可愛い後輩の城がどういったところか知りたいし」

成沢が言った時、陽のおなかが、くぅっと空腹を訴えて鳴った。

「おや、陽くんのお腹の虫が鳴いちゃってるねぇ」

成沢が声をかけると、陽は照れ笑いする。

「おなかすいちゃった。おひるごはんのじかんだから、かえってきたの」

「じゃあ、先にご飯にしようか。香坂くん、このあたりで食事のできるお店ってあるかな？　みんなで食べに行こうよ」

成沢の様子からは、どうやらごちそうする気でいてくれるらしいのが分かる。だが、

「すみません、集落に飲食店はなくて……街まで戻らないと」

涼聖が言うと成沢は少し驚いたような顔をした。

「そうなの？　喫茶店くらいならありそうな気がしたんだけど」

「このあたりの人は、みんな持ちよりでお茶を飲んだりするんですよ」

涼聖が言うと、納得したような顔を見せた成沢だが、

「だったら、お昼ご飯すませてきたらよかったかな。まさかお店がないと思ってなかったから」

少し困った様子になる。それを見た陽は、即座に、

「おひるごはん、ここでいっしょにたべよ！　ボクのごはん、わけてあげるから」

親切心いっぱいで言う。

「おい、陽」

それに、涼聖は少し慌てた。

自分たちの昼食は、集落でのいただきものなどを中心にしたもので、どれもおいしいが一貫性がない。

つまりはあり合わせで、「お客様」に出していいものかどうか悩むのだ。

涼聖の焦りを感じ取った成沢は陽に、

「僕はたくさん食べるから、陽くんの食べる分が少なくなっちゃうよ？」

やんわりと辞退の方向へと話を持って行こうとしたが、

「だいじょうぶだよ！　ボクはこはくさまにわけてもらうから！」

全身全霊善意の陽の言葉に、涼聖はもちろん、初対面の成沢も諦めた。

「成沢先生、味の保証はできますけど、あり合わせなんです。それでよかったら」

涼聖が言うと、成沢は、

「そう？　悪いね。ありがとう」

素直に申し出を受け入れ、奥の部屋で四人での昼食になった。

この日の昼食は、いただきものの煮物に、豚バラ肉とナスの味噌炒め、それから手早く涼聖が作った味噌汁と炊き立てご飯、そして漬物だ。

「あり合わせ、なんて言って、立派な食事じゃない」

成沢は並んだ食事に目を輝かせる。

「そうですか？」

「そうだよ。だって、病院での昼食って、食堂で食べられたらいいけど、大体カップ麺とかサンドイッチで終了しちゃうじゃない。酷かったら、カロリーバーを廊下を歩いてる時に食べて終了、みたいな」

成沢の言葉に涼聖は苦笑する。

涼聖にとってもかつてはそれが日常だったからだ。

「おかげさまでこっちに来てからは、食事はゆっくりと食べられますね」

「うらやましいよ」

そう言った成沢に、陽が割り箸を渡す。

「おきゃくさま、どうぞ」

「ありがとう、陽くん。僕のことは成沢でいいよ」

「じゃあ、なりさわさん」

「そうそう、いい子だね。じゃあ、いただこうかな」

成沢は手を合わせて『いただきます』と言って食事を始める。それに続いて陽も行儀よくいただきます、をして四人での昼食が始まった。

「なりさわさんは、おいしゃさまなんでしょう?」

「そうだよ。外科医って分かるかな? 怪我をした人を治療したり、手術をしたりするんだ」

食べながら陽が質問するのに、成沢は答える。

「しゅじゅちゅ……しゅじゅじゅ…あれ、しゅ、じゅ……っ! いえた! テレビでみたことあるよ。ぼうしかぶって、マスクして、てぶくろして、『オペをはじめます』ってやるんでしょう?」

『手術』がなかなか言えずに苦戦しつつも、待合室のテレビで見る再放送ドラマのセリフを再現する陽に、成沢は目を細める。

「そうそう。物知りだね。昔は、香坂くんもたくさん手術してたんだよ」

「りょうせいさんは、いまもときどき、くらはしせんせいのびょういんに、おてつだいにいくよ」

陽が付け足した情報に成沢は視線を涼聖へと向ける。

「そうなの？　初耳だなぁ」

「よっぽど手が足りない時や、ここから救急車で患者を緊急搬送した時なんかは、そのままオペに参加させてもらうって程度ですよ」

院外の医師である涼聖が執刀するようなことは、よっぽどの場合を除いてない。手術に参加するのもせいぜい助手としてだが、元成央の医者ということで、系列病院である街の総合病院では涼聖の存在をすんなりと受け入れてくれている。

「陽、成沢先生はすごい外科医だぞ。明後日、とっても難しい手術があって、そのために来てくれたんだ」

涼聖が言うと、陽は目を見開いて成沢を見た。

「くらはしせんせいのびょういんで、しゅじゅ……っ、するの？」

「そうだよ」

「くらはしせんせいでも、できないしゅじゅ…ちゅ、しゅじゅ、つ、なの？」

「んー、できなくはないと思うけど、僕のほうがその手術はちょっとだけ得意かな」

子供に難しい説明をしても仕方がないので、成沢は大ざっぱに説明する。

「じゃあ、なりさわさんは、くらはしせんせいより、としうえなの？」

陽の中では、純粋に涼聖より年上の倉橋は、涼聖よりもすごい医者、という変換がされている。

その倉橋ができない手術をするので年上だという推測がされたのだが、この場合、偶然とはいえ正解だった。

「そうだよ。よく分かったね。倉橋先生より二つ年上だよ」

「ふたつ……。それじゃ、りょうせいさんより、よっつとしうえ？」

倉橋と涼聖の年齢差を覚えていた陽は、すぐに計算をして涼聖を見る。

「そう。二人とも同じ大学の先輩で、そのまま同じ病院に就職したから、そこでも二人は先輩だったな」

「そうなんだ！　じゃあ、さんにんとも、なかよしなんだね」

同じ学校に通っていて、働いていた場所も同じ、というのは陽にとっては「仲良し」の印になるらしい。

子供らしい発想に成沢と涼聖は微笑み、「仲良し」というかどうかは分からないが、当時はいい関係を築いていたので、頷く。

「そう、仲良しだよ」

「ボクも、なかよし、いっぱいいるよ！　こうたくんでしょ、あきのはちゃんでしょ……」

指を折って数えながら、名前を挙げ始めた陽に、

「陽、おしゃべりもよいが、今はしっかりとご飯を食べなさい。成沢殿もお食事ができぬだろう？　おしゃべりはそのあとだ」

琥珀がやんわりと窘める。それに陽は「はーい」と返事をして、ご飯を再び食べ始めた。

その様子に、成沢は「可愛いなぁ」と呟いて、自身も食事を再開する。

食後、少し休憩をしてから、成沢に言われ涼聖は診療所の中を案内した。

「ここが診察室になっています」

「外から見ると普通の民家みたいだけど、中はちゃんと診療所なんだねぇ」

成沢は診療室の中をぐるりと見渡した。

「徐々に、いろいろ足したりして、今に至ってます」

成央医大とは比べるべくもない施設だが、涼聖は満足していた。

「レントゲンは、仕切りの奥かな？」

成沢はベッドを並べてあるカーテンの奥を指差し、問う。それに涼聖は少し言いづらそうな表情になる。

「レントゲンは、二軒隣の、旧診療所施設まで行って撮ってます」

その言葉に成沢は首を傾げた。

「え？　どういうこと？　ここにはないの？」

「もともと、旧診療所を設備とか機材とか、そのまま込みで譲り受ける予定だったんですよ。でも、隣家から火が出て延焼しちゃって……それで急きょ、近くで空き家になってたここを診療所に改装することになったんです。レントゲン室は問題なく使える状態だったんで、それだけ使うことにして……」

旧診療所はリフォームをして延焼部分は取りはらったため、火事の痕跡はなく、今はレントゲン施設があるだけの小さな小屋のようになっている。

雨の日は多少不便だと思うが、慣れてしまっているので涼聖も集落の住民も、それを当然のように受け入れている。

しかし、

「そんなことになってたんだ……。それくらい、相談してよ。相談さえしてくれたら、なんとかできるかもしれないんだから」

成沢はそんなふうに言ってくれる。

「ありがとうございます」

成沢は優しい人間だが、かかる費用を考えれば社交辞令と考えて間違いないので、礼を言うだけに止める。

そこに、昼食後、遊びに行かずに琥珀を手伝って昼食の後片づけをしていた陽がやってきた。

「りょうせいさん、あとかたづけおわったよ」

「そうか、ありがとうな」

「いまから、なりさわさんをおうちにつれてくの？」

「ああ。どうかしたか？」

涼聖が問い返すと、陽は、

「じゃあ、ボクもいっしょにいく。なりさわさんに、ツリーハウスみてほしいの」

そう言いだした。

「じゃあ、そのまま家にいるか？　それとも往診の帰りに迎えに行こうか？」

「どうしようかな……。なりさわさんは、おうちにいったら、すぐねちゃう？」

香坂家に来る客人は、到着すると少しして、すぐに眠りに客間に行ってしまう。

橡は淡雪の夜泣きで慢性的な寝不足で、家に来る時は眠るためだし、夜勤明けでやってきた倉橋も到着後すぐに寝た。

千歳も体調を崩したのもあって寝てしまったので、陽の中では「お客様は家につくとすぐに寝てしまう」ものだという思い込みができつつあった。

だが、そんなことをまったく知らない成沢は、首を傾げながら返した。

「んー、寝ちゃうほど疲れてはないかな。昨夜もちゃんと寝たし」

その返事に陽は嬉しそうに笑った。

「じゃあ、ずっとおうちにいる」

「分かった。じゃあ、伽羅に電話しとくな」

涼聖はそう言うと成沢を見た。

「成沢先生がよければ、家のほうに案内しようと思いますけど、いいですか？」

「ああ、そうだね。お願いしようかな」

成沢もいいようなので、琥珀に留守番を頼み、涼聖は陽を車に乗せ、成沢の車を先導する形で家に戻った。

「なりさわさんのあかいくるま、かっこいいね」

後ろからついてくる車を振り返って見ながら陽が言う。

「あれはアルファロメオっていう車だ。外国の車だぞ」

診療所の前の道路に停めてあった派手なアルファロメオは集落の住民の視線をかなり引いていて、成沢と一緒に外に出てきた時は、数人の住民が外に出てきて車を見つめ、孝太は興奮気味に携帯電話で車を写真に収めていた。

「がいこくのくるまなんだ！　おそとからかえってきたとき、くらはしせんせいのくるまはすぐにわかったけど、あのあかいくるまはみたことなかったから、どうしたんだろっておもってたの」

「集落じゃ見たことない車だもんな」

「うん」

成沢は、大学時代から外車に乗っていた。

成沢自身は、

『父親が外車が好きでね。僕はおこぼれに与かって、空いてるほうの車を使わせてもらう身分だから、あれこれ言える立場じゃないし、そもそも、走ればどの車でも一緒だよ』

と、あまり車にはこだわりがない様子だったが、今の車は自分で購入したのだろうし、それが外国車ということは、結局、蛙の子は蛙、ということなのかもしれない。

そんなことを思っているうちに、車は香坂家についた。

車が入って来た音に気づいて、すぐに伽羅が迎えに出てきた。

「おかりなさい、涼聖殿、陽ちゃん」

「ただいまー」

チャイルドシートのベルトを自分で外した陽が車を降り、迎えに出た伽羅に駆けより抱きつく。

「きゃらさん、おきゃくさまがいっしょだよ！」

「聞きましたよー。涼聖殿のお友達だって」

「おなじがっこうにいってたんだって！」

陽が仕入れた情報を伽羅へと流していると、成沢が家の前の脇道に車を停めて降りてきた。

「成沢先生、今、うちで留守を預かってくれてる伽羅です。琥珀の従弟で…詳しい関係性の説明は本人から聞いてください」

「もー、そうやってすぐに面倒臭がって投げるんですからー。初めまして、伽羅と言います。涼聖殿が仰ったとおり、今、この家の留守を預かってます」

涼聖の大ざっぱな紹介を受けて、伽羅は笑顔で言い、成沢に握手のための手を差し出す。外国人風を装うためだろう。

「初めまして、成沢と言います」

伽羅と握手をしながら名乗る成沢に、

「じゃあ、俺、往診に出るんで……。家のことは伽羅に任せてあるからなんでも聞いてください。あと、俺が出たら先生の車を、敷地内に入れておいてください。悪さをするような人はいないですけど、何かあったら困りますから」

涼聖はそう言って、自分の車に乗り込もうとする。

「もう行くの？　つれないねぇ」

「すみません、今日は往診が詰まってて。でも、俺より伽羅と陽の接待のほうが喜んでもらえると思いますよ」

「じゃあ、期待しようかな。気をつけて」

成沢も涼聖が往診に出ることは最初から織り込みずみで、本気で言っているわけではないので簡単に引き下がる。

「じゃあ、伽羅、あとは頼む」

「はーい、頼まれました。気をつけて」

「りょうせいさん、いってらっしゃい！」

伽羅と陽、そして成沢に見送られ、涼聖は家をあとにした。

そのまま往診に出ようかと思ったのだが、何となく琥珀のことが気になったので一度診療所に戻った。

「涼聖殿、そのまま往診に出ると言っていたのではなかったか？　何か忘れものか？」

奥の部屋で本を読んでいた琥珀は、戻ってきた涼聖に軽く首を傾げ、聞いた。

「いや、なんかなし崩しに成沢先生を泊めることになっちまったから……おまえにちゃんと承諾もとらずで悪かったと思って」

そう言う涼聖に、琥珀は読んでいた本を伏せて机の上に置いた。

「わざわざ、それを告げるためだけに戻ったのか」

「ああ」

「気にせずともよい。久しぶりに会った方なのだし。それに、陽があぁ言ってしまってはな。私も含め陽には誰も勝てぬ」

微笑む琥珀に、涼聖はそっと膝をついて手を伸ばし、軽く頬に触れる。

「じゃあ、行ってくる」

「ああ、気をつけて」

琥珀に送りだされ、今度こそ涼聖は往診に出かけた。

夜、涼聖は琥珀と、そして丁度仕事終わりで診療所にやって来た倉橋と一緒に家に戻ってきた。

「おかえりなさーい」

「おかえり」

玄関まで迎えに出たのは、風呂を終えたのかパジャマに着替えた陽と、そしてスウェット姿の成沢だ。

二人の様子を見るとすっかり仲良くなったのが一目で分かった。

「ただいま戻りました。陽、いい子にしてたか？」

「してたよ！　ね？」

陽はそう言って成沢を見上げる。

「ああ。近年稀に見るいい子だね、陽くんは」

玄関先で話していると、料理が一段落したのか伽羅が出てきた。

「おかえりなさい、琥珀殿、涼聖殿。それに、倉橋先生、こんばんは」

「こんばんは、伽羅さん。お邪魔するよ」

挨拶をした倉橋に、

「倉橋先生、お食事は？　まだだったら、琥珀殿や涼聖殿と一緒にどうですか？」

いつものように伽羅は食事の有無を問う。

「ありがとう、でも病院ですませてきたから」

「分かりました。じゃあ、お茶の準備だけしますね。陽ちゃん、みんなにお茶を淹れてあげてください。俺、料理を運びますから」

伽羅が言うと、陽はいい子の返事をして、居間へと戻り、伽羅も台所へと戻った。それをきっかけに涼聖と琥珀はそれぞれ部屋に荷物を置きに行き、倉橋と成沢は陽を追って居間に向かった。

「なんか、香坂くんが生き生きとしてる理由も、倉橋くんが戻ってこようとしない理由も、半日で分かっちゃった気がするんだよねぇ」

涼聖と琥珀が食事をするちゃぶ台に全員が集まってほどなく、成沢は呟いた。

「そうなんですか？」

涼聖が問うと、成沢は頷き、

「だって伽羅さんのご飯はおいしいし、陽ちゃんはこんなに可愛し、この家の居心地はいいし」

言いながら胡坐をかいた足の間にちょこんと座らせた陽の頭を撫でて言う。

いつもはちゃんと一人分の場所を取ってちょこんと座る陽が、そこに収まっているのは、成沢が、ここにおいでよ、と誘ったからだ。

それだけを見ても、成沢が陽の愛らしさに陥落しているのが分かる。

いや、たいていの人は程度の差はあっても陽には甘くならざるを得ないので、成沢の様子は予想の範囲内だ。

それが半日一緒にいて、食事とお風呂も一緒にすませたというのだから、当然の結果ともいえる。

「昼間、陽ちゃんのツリーハウスに連れて行ってもらったんだけど、あそこ、すごいね。サイズ感こそ大人には狭いって感じだけど、本格的すぎて。まあ、見た目に最初は驚いたんだけど、作りが丁寧で」

「宮大工をはじめとした腕に覚えのある集落の方たちが作ってますからね。陽のツリーハウスに触発されて、そのあとで大人のツリーハウスも作って、今は宴会場になってますよ」

涼聖の言葉に成沢は小さく息を吐いた。

「ツリーハウスとか、隠れ家とか、男のロマンだよねぇ」

しみじみと言う成沢に、涼聖と倉橋は頷いた。

「いいでしょう？　成沢先生、こっちに別荘として一軒、家を買えばどうですか？　集落には空き家もありますし」

倉橋が勧めるのに、

「やっぱり空き家あるんだ」

確認するように成沢は涼聖を見た。

「ありますよ。寂しい話ですけれど、若い人がいないので、空き家は増えていくでしょうね」

「大体、いくらくらいなのかな。集落は通っただけだけど、穏やかでいい環境だから、都会ほどの便利さはないっていっても、車を運転できる間は不自由しなさそうだよね」

「そうですね。でも車を手放した人も多くて、買い物なんかは集落の商店主が週に二度、仕入れに行く前に注文して受け取るか、バスで街までって感じです。それに、診療所で対応できない急病も年に数件はありますし……今のところ重篤な病状に陥った人はいませんけれど、今後を考えると心配ですね」

医者としての心配を真剣な顔で告げる涼聖の様子に、

「でも、きゅうきゅうしゃで、くらはしせんせいのびょういんにいったら、なおるんでしょう？」

陽は子供らしい意見を口にする。

その陽の頭を成沢は撫でながら、

「そうだね、香坂くんも倉橋くんもすごい先生だからね」

笑顔で返す。それに陽も、うん、と笑顔で頷く。

――あーぁ、完全にデレッデレだな……。

成沢の様子にそう思いつつ、そっと倉橋を見ると、どうやら倉橋も同じように感じているらしく、軽く目配せをしてきた。

だが、そんな二人を見ながら、

――そなたたちも、大差はないぞ。

涼聖と倉橋の、陽への普段の接し方を見て琥珀は密かに思う。

とはいえ、その琥珀も大差のなさでは同じだ。

さて、涼聖と琥珀が食事を終え、粗方の食器を下げたところで、伽羅は陽に寝ましょうかと声をかけた。

いつもの眠る時間になっていたので、陽もすんなり頷いて、みんなにおやすみの挨拶をして、今夜の絵本係である伽羅と一緒に部屋に戻った。

それを見送ってから、琥珀も、

「涼聖殿、先に風呂をいただいてくる。外廊下を使うゆえ」

居間を通らずにすませるからと告げて、部屋へと戻った。

こうして居間には医者三人が残り、そうなると話は間近に控えた手術の話になる。

「手術、どうです？　大丈夫そうですか？」

涼聖の問いに、成沢は頷いた。

「手術そのものはね。まあ、どんな手術でもそうだけど、あとは患者さんの様子次第ってとこなんだよね。人の体って、まだまだ分からないところだらけだから、何百回もやってきたオペでも、『え、なんで？』って思う状況になることってあるし……。まして、今回はいつもの顔馴染みのスタッフってわけでもないからね」

成央では手術室に入るスタッフは執刀医によって固定されていることが多かった。よく知った相手で意思疎通がたやすいほうがやりやすいからだ。

だが今回、成沢はスタッフを連れて来ず、単身でやってきた。

スタッフまで連れていくと成央の手術予定に響きすぎるということもあるだろうが、大半は成沢のこちらの総合病院への配慮だろう。

「ねぇ、香坂くん、手術の日って休診日でしょ？」

不意に成沢は聞いた。

「ええ、そうですけど」

「だったら、オペに助手で入ってよ」

「え？　俺が、ですか？」

意外すぎる提案に涼聖は戸惑った。その涼聖に成沢はまったく他意のない笑顔で、

「同窓会っぽくていいじゃない。俺も気心の知れてる顔がオペ室にあるほうがやりやすいしね」

無邪気にさえ思える様子で言う。

「でも」

「ちなみに、倉橋くんも助手で入ってくれることになってるんだよね。あ、安心してね、メインの助手は総合病院の先生がやってくれるから、二人は手術の途中で、僕の話に合いの手をいれてくれるくらいでいいんだ」

それならできるでしょ？　と成沢はダメ押しをしてくる。

正直、成沢の手術を間近で見学、というのは、したいと思ってできることではない。それは成

央の外科にいたとしても、だ。

実際涼聖は成央にいた頃、戎沢の手術には二度、助手で入ったことがあるだけだ。倉橋にしても多くはないだろう。

優れた医師のオペに立ち会えるのなら、その機会を生かしたいというのが本音だ。

「分かりました。俺がオペ室に入るって了解は取ってもらえますか？　あんまりこっちの先生方と摩擦起こしたくないんで」

「分かった。明日話してＯＫもらっとくよ」

成沢はそう言ったあと、少し間を置いて、

「この集落だと、香坂くんの診療所が唯一の医療施設って考えていいのかな？」

と、聞いてきた。

「ええ」

「総合病院からここに来るまでいくつか集落を通るけど、そこはどうなの？　ここの香坂くんと同じ感じの施設がある感じ？」

周辺の医療事情に興味があるらしく、突っ込んで聞いてくる。

「代々診療所をやってるってところがそれぞれありますけれど、手術や入院となると総合病院になりますね。眼科は隣町に日帰り手術なら対応している医院があるので、そこに行くことが多いです。総合病院となると行くだけで一日仕事なんで……」

他にもひとしきり、緊急対応時のことなどを聞いたあと、少し考えるような間を置いてから、

「香坂くんはさ、もっとうちの病院を頼ってくれていいんだよ？　なんか、桑原先生からの話だと逃げ出すみたいに辞めたみたいに思ってて、近寄りづらい、みたいな感じしてるのかもしれないけど、こっちは全然そんなこと、思ってないからね？」

成沢はそう言った。

「ありがとうございます」

「誰にでもできることをやってるわけじゃないって、僕は思ってるよ。……病院内で、もう今以上の出世の見込みもなくて定年も見えてきたしってことで出身地に戻って開業医にって先生はいるけど、香坂くんの年齢で、出世にしたってまだまだこれからし放題って時に、なんていうのはね。もちろんきっかけは、一時的な疲れからくる逃亡って感じだったのかもしれないけど、ほとんどの場合、一時的に休みを取って病院に戻るじゃない。それなりに給料もいいし、立場だって保障されるし。でも、そういう打算も抛(なげう)ってっていうのは、僕ならできなかったと思うよ」

成沢の言葉は、自分を妙に過大評価されているようで面映かったが、嬉しかった。

それと同時に、意外なほど、この人は人を見ているんだなと思った。

成央を辞める時、成沢にも挨拶はした。その時も残念がってはくれていたが、胸のうちを話したわけではなかった。

ただ、祖母のいた集落が無医村になって大変そうなので、これからはそちらで医師をやってい

くことにしました、と、当時他の同僚にもしたのと同じ、平たい説明をしただけだ。

大半の同僚はただただ驚いた様子と、涼聖が抜けることへの不安を露わにしていた。

激務から逃げたいんだろうと、裏で噂しているのを聞いたこともある。

涼聖はそれを否定はしない。

あの時は、実際、逃げたかった。

激務からではなく、「救えない命がある」ということに、何の感情も持たなくなり始めていた自分から、だ。

「救えなかった命」にいつまでもこだわるわけにはいかない。

次から次へと患者は来て、境界を越えようとする命を繋ぎとめる、ということに向きあわなければならない。

医者としては、それが正しいのだろうと思う。

だが、自分の中に生まれた違和感を、当時の涼聖は越えることができなかった。

「で、僕にできなかったことをしてる香坂くんに改めて言うけど、診療所のレントゲンのこと。あれ、今の診療所に移設させるのとか、資金面で難しいならこっちで手を回せるんだし、ちゃんと頼って?」

成沢は思い出したように言った。

それに倉橋は、

「さすが御曹司ですね」

笑って返す。

「まあ『成央大学付属病院は地域医療にも貢献してます』ってことで、会報誌にババーンと載せて、イメージアップさせてもらうけど。ドラマとかの影響で、大病院はどこか悪徳なんだろ、みたいに思われてる節もあるんだよね」

偏見だよねぇ、と笑う成沢に、

「正直、大学時代、ちょっと思ってましたよ」

倉橋はカミングアウトする。

「え？　うちが？　全然クリーンだよ！」

「だから、大学時代の話です。先輩、『車は走ればどれでも一緒』なんて言いながら、車が替わるたびにまた違う外車でしたから、やっぱり大病院の御曹司は違うなぁって思ってました。あれだけぽんぽん買い替えられるってことは、みたいな感じで」

倉橋は笑いながら続ける。

成沢は成央大学付属病院の院長の一人息子だ。

外科医としての腕も超一流で、ゆくゆくは院長の跡を継ぐ、というのが既定路線になっている。

「だから、車は父の趣味だって」

「そのわりに、今の車もアルファロメオじゃないですか。陽が格好いいって言ってましたよ」

涼聖が言うと、成沢は苦笑した。

「あれは父とジャンケンして負けた結果だよ。ずっと父の車を借りて乗ってたんだけど、そろそろちゃんと『自分の車』が欲しくなってね。気軽に乗りまわせる車がいいじゃない？　都内をうろうろするなら小さい車のほうが便利だしってことで、軽自動車がいいかなーって思ってたんだけど、世間の目があるからそれだけはやめろって言われて、じゃあ、ずっと憧れてたレクサスにしようと思ったんだよね」

「軽自動車からレクサスまで一気に飛びますね。値段的にもサイズ的にも」

倉橋が多少呆れた様子で言う。

「気軽に乗りまわせる、からも遠ざかりましたけど」

涼聖もさらに突っ込む。

「だって、普通車になったら軽自動車ほどの気軽さはなくなるじゃない？　だったら、もう小さい頃から好きだったのがいいかなって。ウィンダムって名前だった頃に、一目惚れしてたんだよね。で、レクサスにするって言ったら、『それは俺が買うからやめろ』って言うんだよ？　酷くない？」

同意を求めるように成沢は言う。

「酷いっていうか、院長が買うならラッキーじゃないですか。お金を出さなくてすむんですし」

涼聖が言うのに、倉橋も同意して頷く。

「そういう意味じゃなくて、憧れの人にプロポーズしようと思ったら、父親に『あれは俺の女だ、手を出すな』って言われたみたいな感じってこと。しかも、『アルファロメオを買おうと思ってるから、それを買え。俺がそっちに乗る時はレクサスを貸してやるから』とか言うんだよ？」

「で、ジャンケンになったんですか？」

「そう。勝ったら僕がレクサスを買うってことにして、ジャンケンしたんだよ。で、負けたからアルファロメオになったの。まあ、アルファロメオもいい子なんだけどさぁ……」

でも、初恋って、忘れられないもんだよね、と成沢は呟く。

成沢の家から考えると、別に親子で一台ずつレクサスを所有していてもいいんじゃないかと思ったのだが、成沢の母親が『同じ車は二台も必要ありません』という主義で、成沢家の女王の言葉には逆らえないらしかった。

「どっちにしても、ものすごいセレブトークだったってことだけは理解しました」

笑って言った涼聖に、

「もう、そうやって茶化すんだから。でもセレブついでに言うけど、レントゲンの件は本気だからね？　まあ病院からお金を出すから僕の懐が痛むわけじゃないし」

流れそうになっていたのに釘を刺してくる。

だが、さすがにありがとうございます、とは言えなかった。

「ありがたい申し出をしてくれてるとは思いますけど……」

断ろうとしたが、

「患者さんに不便をかけるのはダメだよ。晴れてる日ばかりじゃないでしょ？　冬なんか雪の中をレントゲンだけ撮りに移動したりしなきゃいけないんでしょ？　ヒートショックを考えても絶対ダメ」

やんわりとした口調で窘めたあと、

「とりあえず、移設と新設で見積もり出してもらって、見積もりが出たら僕に連絡して。いい？　約束だからね？　なんなら指きりする？」

優しくも強引に成沢は話をまとめ、小指を差し出してくる。

「ありがとうございます。指きりは、いいです。いい歳をした男同士が小指を絡め合うって、ちょっとぞわっとしますから」

「大丈夫だよ、僕と香坂くんの間には何も生まれないから」

むしろ生まれたら怖いよねぇ、と、成沢は笑って言いながら手を引いた。

「成沢先生は本当に変わりませんね」

涼聖は昔と変わらない成沢の様子に、どこか安堵めいたものを覚えつつ言う。

それに成沢は、

「そうだね、相変わらず運命の女性とは出会えない感じだね」

人を不快にしない、けれどもどこかのらりくらりとした調子で言う。

「運命以外の女性とはいろいろあるんじゃないですか？」

笑って突っ込んだ倉橋に、

「だって、いろんな人と出会わないと運命の人に行きあたらないじゃない」

成沢はケロリとして返す。

こういうところも変わっていないなと涼聖は思う。

そのまま三人は、しばらくの間思い出話に花を咲かせたのだった。

4

翌日、涼聖と琥珀はいつも通り診療所へと向かった。

陽は二人の乗った車が家の前の坂道を下っていくのを、伽羅や成沢と一緒に手を振って見送った。

成沢は午後から病院に向かう。その時間まで陽は家で成沢と過ごし、成沢が出かける時に診療所まで乗せて行ってもらうことにしたのだ。

そのため、チャイルドシートは涼聖の車から外されていて、あとで成沢の車に装着されることになっている。

「行っちゃいましたねぇ。じゃあ、俺、今からおうちのことしますから、陽ちゃんは成沢先生の接待をお願いしますねー」

車が見えなくなると、伽羅は陽にそう声をかける。

「うん！　なりさわさん、なにしてあそぶ？」

陽の接待は「一緒に遊ぶ」しかないのだが、子供らしい子供との触れ合いは楽しいらしく、成沢は嬉しそうだ。

「そうだね、何をしようかな」

「とりあえず、部屋かツリーハウスで考えたらどうですかー？」

伽羅はそう助言して先に家の中に入り、陽と成沢もあとに続いた。

リバーシをしたあと、神経衰弱をして、それから、縁側で木馬を成沢に後ろから押してもらって往復したあと、今度は木馬にロッキング脚を装着してユラユラしてもらう。

大きく揺らすたびにキャッキャと声を上げて喜ぶ陽の姿を、成沢は楽しげに見つめる。

そうやってひとしきりユラユラして遊んでもらってから、陽は木馬から下りた。

「なりさわさん、いっぱいユラユラしてくれて、ありがとう」

「どういたしまして。それにしても、この木馬もすごいね。ロッキング脚が着脱できる木馬なんて初めて見たよ」

成沢は陽の木馬にじっと見入る。

「これも、ささきのおじいちゃんがつくってくれたの」

「ツリーハウスを作ったのと同じ人だね。職人さんって本当にすごいね……」

感動したような様子で成沢は言う。

「ささきのおじいちゃんだけじゃなくって、みんなすごいんだよ。きで、なんでもつくっちゃうの。かんなで、はごろもみたいにむこうがすけてみえるくらい、うすくふわふわにきをけずるの」

陽はにこにこして話す。

「じゃあ、陽くんは大きくなったら、佐々木さんみたいな職人さんになるのかな？」

ずいぶんと尊敬している様子だし、子供の頃の尊敬対象というのは、将来の目標に繫がりやすいものだ。

だが、陽は首を傾げた。

「まだ、わかんない。りょうせいさんとか、くらはしせんせいみたいに、ひとをたすけるおしごともしたいっておもうし、ささきのおじいちゃんたちみたいに、ひとをたのしませたり、べんりなものつくったりもしてみたいし、きゃらさんがピザやさんになったら、そのおみせのおてつだいもしたいとおもうし、こはくさまみたいに、きれいにじをかいたり、むずかしいほんをいっぱいよんだりできるようになりたいともおもうし……」

「そうだね、陽くんはまだまだこれから、何にでもなれるから、焦って一つに絞らなくてもいいね」

成沢は言いながら、陽の言葉に倉橋の名前が出てきたからか、

「倉橋くんは、ここにもよく来るのかな？」

そう聞いてきた。

「うん！　ときどき、くるよ」

「元気そう？」

「いまはげんきだよ」

陽の返事に成沢は少し引っかかるものを感じた。

「今は？　前は違ってた？」

「えっとね、さいしょにおうちにきたときは、げんきがなかったの。よるもね、こわいゆめをみておきちゃうっていってた。だから、ボクのキリンさんと、ゾウさんのぬいぐるみをかしてあげたの。キリンさんとゾウさんはつよいから、わるいゆめを、ぱくぱくたべちゃうの」

笑顔で陽は話す。子供らしい想像力の混じった話は、聞いていると夢があって和むと成沢は思った。

「倉橋くんは、こっちで一人暮らししてるのかな」

「ううん。ごとうのおじいちゃんのおうちの、おにかいのおへやにすんでるの。ごとうのおじいちゃんは、さいしょにくらはしせんせいがきたときに、おなかがいたくなっちゃってたいへんだったんだけど、くらはしせんせいが、いっしょにきゅうきゅうしゃでびょういんにいって、なおしてくれたの」

「へぇ、そんなことがあったんだ。後藤のおじいちゃんは、今は元気？」

「うん！」

「倉橋くんも、今は元気なんだね」

「うん、げんきだよ！　げんきなくらはしせんせいは、そばにいるとぽかぽかするから、あわゆきちゃんも、くらはしせんせいのことだいすきなの」

陽の言葉の中に知らない人名が出てきて、成沢は問う。

「アワユキちゃんって誰かな？」

「あわゆきちゃんはね、おともだちのつるばみさんのところのあかちゃんなの。つるばみさんの、おとうとなんだよ。ボクもくらはしせんせい、だいすき」

陽は照れもせず、まっすぐに好意を口にする。幼さゆえの純粋なまっすぐさはうらやましくさえあるなと成沢は感じた。

「倉橋くん、モテモテだなぁ……。元気な倉橋くんはぽかぽかするんだね」

「うん。げんきなひととといっしょにいると、ぽかぽかして、くしゃくしゃしたの、とんでっちゃうの」

突拍子もない子供理論だが、言いたいことはなんとなく分かる。

「ささきのおじいちゃんのところのこうたくんも、いつもぽかぽかしてるよ！」

「ああ、お弟子さんの男の子だね」

孝太は昨日から何度か話に出てきた名前で、どうやら陽のいい兄貴分のようだ。

「うん！」

「陽くんが元気だから、一緒にいると僕もぽかぽかしてくるね」

成沢が言うと、陽は嬉しそうに笑って、

「なりさわさんは、だいたいぽかぽかしてるけど、ぐるぐるしてるときもあるし、ときどき、びゅんってしてたりもする」

成沢の状態を相変わらずの子供理論で伝えてくる。

「僕はぐるぐるしてるの？　ぐるぐるしてるって、どんな感じかな？」

「えっとね、むずかしいなぞなぞを、いっしょうけんめいとこうとしてるときみたいなの」

「え……」

陽の言葉に成沢は少し驚いた。

その時、開け放していた襖戸の向こうから、

「飲み物でもどうですかー」

お盆に何かが入ったグラスを二つ載せた伽羅が声をかけた。

「のむ！　きゃらさん、なんのジュース？」

「ゆずサイダーですよー」

伽羅が言うと、陽はやった、と喜ぶ。その陽に伽羅はグラスを渡し、もう一つを成沢へと差し出した。

「自家製のゆず蜜の炭酸割りです。成沢さんの分は少し甘みを抑えました」

「ありがとう」

礼を言って受け取った成沢に、

「陽ちゃん、意外と鋭いところ突くでしょ？」

伽羅はそう言って笑いかける。それに成沢は苦笑した。

「子供の直感って怖いねぇ。女性の直感よりも怖いよ」

「大きな病院の跡取りともなると、いろいろと大変なんでしょうねー」

お察しします、と笑う伽羅に、

「跡を継ぐのは、もう子供の頃から言い聞かされてたから納得もしてるし、覚悟もできてるからいいんだけど、そのさらにあとのことをもっときちんと考えろ、なんて言われると、ぐるぐるしちゃうね」

成沢は言って、サイダーを口にして、おいしいね、と微笑む。

「さらに後継者のこと、ですか?」

「自分のことだけでまだまだ手一杯だっていうのに、結婚して子供を作って……なんてせっつかれるとね」

成沢はそこまで言って、

「そうだ。ねぇ、陽くん。うちの子になってお医者さんにならないかい?」

不意に陽に話を振った。

だが、サイダーのおいしさにうっとりとしていた陽は二人の話など聞いておらず、キョトンとした顔で成沢を見た。

「……なに? ボク、なにになるの?」

かろうじて聞きとれたニュアンスだけで問い返してくる様子に、

「可愛いなぁ……。陽くんは、いるだけで患者さんを癒やしてくれる、いいお医者さんになると思うんだよね」

成沢は半ば本気、と言った様子で呟く。

しかし、それに伽羅は、

「陽ちゃんは集落全体のアイドルで、無自覚セラピストとして活躍中ですから、集落から出すのは断固反対です」

笑いつつ却下する。

「だよねぇ」

却下されても笑いながら言った成沢は再びゆずサイダーを口にすると「これ、本当においしいね」と微笑んだ。


午後、香坂家で昼食を終えた成沢は、陽とともに家を出た。

診療所で陽を降ろしてチャイルドシートを涼聖に返し、そのまま予定通り総合病院へと向かう。

手術前日の最終カンファレンスのためである。

そこで涼聖もオペ室に入れることの了解を取り、手術の手順や術式などについての確認を行ってから、患者の許へと向かった。

昨日も会って手術について説明はしているし、これまでにも総合病院の医師から説明は受けていて理解はしているだろうが、「会う」ことで患者側との信頼関係ができていたほうが、術後の回復の早さに繋がる――ような気が、これまでの経験上、している。

特に今回のように外部から執刀のためだけに来ている場合は、術後、ずっと診ていられるわけではないので、いる間だけでもできるだけ顔を合わせて安心をさせてやりたいと思うのだ。

患者と、その家族との面談を終えた成沢が次に向かったのは、倉橋のいる救命救急センターだ。

鼻血や打撲を負った様子のジャージ姿の男子中学生が七、八人、倉橋の処置を待っており、他の医師もそれぞれに処置の最中だった。

「倉橋くん、忙しそうだね。手伝おうか」

「お願いします。カルテはここに積んであります」

指示されたカルテを手に取ると、部活中の怪我とあったが、どう見ても殴ったり殴られたりした痕が見られるので、模擬試合をしていてエスカレートした結果だろうと思えた。

「じゃあ、坂本（さかもと）くん、こっちへ」

一番上のカルテの人物の名前を呼んだ時、ホットラインが入って急患の受け入れ要請があった。

『交通事故、心肺停止、男性……』

緊急要請に成沢は倉橋を見た。

「その子の処置、引き継ぐから倉橋くん、行って」

「よろしくお願いします。続きはあの先生がしてくれるから、ごめんね」

処置中の少年に声をかけ、倉橋は立ち上がる。

「要請受け入れＯＫです」

倉橋の声にホットラインを受けた看護師が受け入れを告げる。救急車内から入って来る情報に準備を整えているうちに、救急車のサイレンの音が近づいてきた。

「みんな、気になると思うけど、あまりじろじろ見ないであげてね。運ばれてくる患者さん、これから文字通り、命がけの戦いになるから」

温和な声で言いながら、成沢は処置室のカーテンを全部引いて、中学生たちの視界を遮る。

それでも、一刻一秒を争う処置の気配は伝わってきて、それに試合中に起きただろう乱闘の余韻でまだどこかいがみ合っていた少年たちは、毒気を抜かれたように大人しくなった。

彼らの処置が終わり、カーテンを開いた時には、運び込まれた交通事故患者の姿はなくなっていた。

処置途中に蘇生し、緊急手術になったのだ。

ややしてから手術室に向かった倉橋が戻って来た。

「お疲れさま。患者さん、どう？」

「腹腔（ふくこう）内での出血がありましたが、止血はできました。意識が戻るかどうかは経過を見ないと分かりませんね」

簡単に説明をしてから、

「成沢先生に手伝っていただいて、助かりました。あの子たちは帰ったんですか？」

処置途中だった中学生のことを聞いた。

「うん、さっきね。カーテンは閉めたけど、リアルな処置の気配に可哀想なくらいに大人しくなっちゃって、仲良く帰っていったよ。バスケ部なんだって」

「ファウルした、しないで揉めたみたいですよ。来たすぐはまだ殺気立って、今にも摑みあいをしかねない状況でしたけど」

「若いっていいよねぇ。殴りあうとか、体力使うこと、この歳になると無駄にやりたくないよね」

成沢はしみじみと言ったあと、

「救急のシステム、ここはどうなってる感じ？　成央をモデルに作ってるのかな？」

急に聞いてきた。

「いえ、スタッフ数が足りないので、成央のスタイルを当てはめるのは難しく……」

倉橋がここに来たのは、救急体制の抜本改革のため、だ。

そのため、以前と現在で改革した点と、運用状態について説明をする。

「なるほどね……。人的資産はもう少し欲しいところだね」

「ええ。でも、救急に来たがる先生は多いとは言えないので、いろいろなパターンを試しつつ改良して、まだまだ試行錯誤の最中です」

「ドラマみたいにCMが明けたら手術が終わってる、なんて、あり得ないもんねぇ」

気の抜けたような口調で成沢が言った時、病院長が姿を見せた。

「成沢先生、こちらにおいででしたか」

「ええ。今、倉橋先生から救急体制について説明を受けていたところです。僕に何か御用事でしたか？」

「いえいえ、用というほどのことではないんですが、先生の時間が取れるようでしたら、このあと食事でもいかがかと思いまして。都会のようにきらきらしい食事は提供できませんが、ジビエでちょっと知られた店があるんですよ」

病院長はもともと気のいい男で、へりくだった様子は窺えない。だが、成央の後継者である成沢を丁重にもてなそうとしているのは分かった。

「ジビエですか。猪とか、鹿とか、最近話題ですね」

「好き嫌いが分かれますから、お嫌いであれば、別の……」

「いえ、鹿をいただいたことがあります。嬉しいな、いいんですか？」

どうやら誘いに乗るらしいというか、当然こういう展開になるだろうというのは予想していた様子だ。

「ぜひ。倉橋先生もどうかな」

病院長はそう言って倉橋を見た。ついでに誘ったというよりも、シフトの確認をしている、という様子だ。

「ありがとうございます。でも、残念ながらシフト中なので」

「それは残念だ。じゃあ、今度」

病院長の言葉に倉橋は頷く。

「じゃあ、行ってくるよ」

成沢はそう言うと、病院長と一緒に出て行った。

「……理解してもらえたような気もするけど…、ごまかされるような人でもないしな」

救急体制についての説明で嘘をつくつもりはなく、すべて真実を告げたが、成沢がどう判断したかは分からない。

「まあ…、今日、明日で帰ってこい、なんてことにはならないだろ」

期待の混じった言葉を口にした時、またホットラインの音がして、倉橋は仕事に戻った。

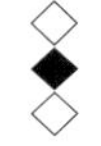

翌日の手術は、予想通り見学者の多い手術になった。
成沢は慣れっこなのか、大して気にした様子もなく、いつもと違うスタッフとのやりとりにも

いら立ちを見せることもなく――メスを渡す際、手のどの位置に置くか、や、バキュームで血を吸うタイミングなど、些細に思えることでも集中が途切れてしまうことはある――手術を進めた。

手際のよさや、すべてのことを想定して、一瞬トラブルかと思えそうなことも淡々と処置をする。

普段の、のらりくらりとした様子とは違い、ピンと張ったような空気があるが、それは周囲を緊張させるようなものではない。

手術は予定通りに無事終了した。

「やっぱり、すごいですよね。成沢先生は」

術後、成沢はすぐに患者の家族の許に説明に行き、涼聖と倉橋は先に着替えて病院の食堂でコーヒーを飲んで休憩を取った。

コーヒーと言っても、自動販売機で売っている紙コップのコーヒーだ。

昼食の時間から大きく離れたこの時間、食事の販売は終了しているため、自販機で買った商品を食べたり、飲んだりしている人がポツンポツンといる程度だ。

「ああ、そうだね。一度ひやっとしたところがあったけど、リズムを崩さないで予定してたみたいに対応してたね」

すべてを想定して臨む、というのはあるべき姿だと思う。だが、想定していても多少の焦りや驚きはあるはずだ。

それを微塵（みじん）も感じさせず、的確に指示を出していた。

「御曹司、なんて肩書きより、成央医大第一外科のトップって肩書きのほうが、今や知られてる感じですからね」

「あと、花の独身貴族、もだな」

そう言って笑った倉橋に、

「それは俺たちもじゃないですか？　まあ、俺は独身平民ですけど」

涼聖が言った時、

「あ、二人ともここにいたんだ」

術着から白衣に着替えた成沢が二人を見つけて歩み寄って来た。

「二人とも僕を放って行っちゃうんだから、酷いなぁ」

笑いながら言う成沢はすっかりいつも通りだった。

「ご家族に説明に行かれたんで、長くかかると思って。先生は丁寧に説明されるから」

悪気があったわけではないことを言外に含ませて涼聖は言う。そして倉橋は、

「お疲れさまでした。コーヒーどうですか？」

「おごってくれるならいただこうかな。疲れてるからクリーム増量して砂糖も入れてくれる？」

という、成沢のリクエストにこたえて自動販売機でコーヒーを買う。

「さすがは成沢先生っていう手術だったなって、今、倉橋先輩と話してたんですよ」

涼聖の言葉に成沢は、

「朝、陽くんに『手術頑張ってね』って可愛らしく送りだされたからねぇ。元気出ちゃった」

と、おどけた様子で返す。

「陽の笑顔は、うちの診療所でも特効薬扱いですからね」

「確かに」

そう返した成沢に倉橋は買ってきたコーヒーを渡す。

それをありがとう、と言って受け取った成沢は、

「診療所勤務で感覚が鈍ってるんじゃないかって、ちょっと勘ぐってたところもあるんだけど、そうじゃなさそうでよかったよ。ちょっとトラブりかけた時、すぐ反応してもらえて助かった」

ひやりとした場面で、第一助手についていた医師は両手がふさがっていて、すぐに対応できる場所にいた涼聖が成沢の指示と同時に動いた。その時のことだろう。

「成沢先生の指示が冷静で的確だったからです。それに、ときどきここで手伝いをさせてもらってるおかげで、現場の感覚はまだ保ててるみたいです」

涼聖の返事に、成沢は一口コーヒーを飲んでから、

「正直、心境はいろいろと複雑だね」

呟くように言って、少し間を置いてから続けた。

「一線から遠ざかって、手術勘が多少鈍ってでもいたら、診療所勤務が板についたんだなって素直に思えたんだろうけど、惜しくなっちゃうじゃない、やっぱり」

成沢の賛辞に涼聖はただ笑う。

そんな涼聖に成沢は微笑み返したあと、倉橋に視線を向けた。

「さて、無事に手術も終わったから言うけど、できるだけ早い時期に、一度成央に戻ってもらいたいんだよね」

放たれた言葉は直球だった。

「……いきなりですね」

まさかこのタイミングで持ちだしてくると思っていなかった倉橋は、そう返すのが精一杯な様子だったが、成沢は、

「遠回しに言っても、内容は変わらないじゃない？」

大して気に留める様子もなく言って、

「救命救急のシステムの改善は八割方できてるようだし、スタッフの運用、シフトにも問題はなさそうだ。倉橋くんがここに赴任する理由だった『システムの立て直し』はもう終わってると思っていいと考えてる。違うかな？」

倉橋に聞いてきた。

「改善の余地は、まだまだあります」

「でも、向かう方向性と筋道はできてるでしょう？　あとは運営しながら、変えるべきところは変える。それは、もう、ここのスタッフだけでも可能なはずだよ」

成沢の見立ては間違っていない。

いずれ、倉橋は帰るものとして、ここのスタッフも理解している。

その時期が明確ではなかっただけで。

しかし、倉橋は成沢に言葉を返すことができなかった。

沈黙の中、口を開いたのは成沢だった。

「正直に言うと、倉橋くんが抜けた穴は外科から人を出して埋めてるんだ。おかげで僕も、現場へ引っ張り出される回数が増えて、いろいろと問題が出てるんだよね。本来、僕は研究向きだってこと、知ってるでしょう?」

成沢は外科医として一流の腕前を持っている。だが、本人の気質は学生時代から研究向きで、『研究室で死にたいんだよね』というのが口癖だったのを涼聖は思い出した。

だが、倉橋は黙したまま、成沢を見ていた。

何を言ったところで、自分がここに止まることは、我儘でしかないことが分かっているからだ。

成沢が帰れと言えば、帰るしかない。

しかし、分かりました、とは言えなかった。

その倉橋の様子に、成沢は続けた。

「父の余命は、長く見積もって三年ってところでね」

「え……?」

「院長が？」

とんでもない爆弾発言を投下した成沢に、涼聖と倉橋は目を見開いた。

「膵臓、あと転移もしてる」

成沢の口調は淡々としていた。

「そんな……」

信じられない気持ちがそのまま、涼聖の口から呟きになって漏れる。

「まあ、これぱっかりは仕方ないよね。医者は神様じゃないんだ。治せない病気だってある」

成沢は、もう覚悟ができている様子だった。

「ただ、父が亡くなるまでに、僕が掌握しなきゃいけないことは多くある。そのためには、現場に出てる時間が惜しい。倉橋くんが成央に戻りたくない理由はいろいろあるだろうけど、一度は戻ってもらわないと、このままずるずるとってわけにはいかないことも、理解してるよね？」

相変わらず返事のできない倉橋だが、嫌だと言えないことが答えだ。

そのことが分かっているからか、成沢はそれ以上続けず、コーヒーを飲み干すと、

「戻ったら、正式に帰還指示を出すから、そのつもりでいてくれるかな？　コーヒー、ごちそうさま」

空になった紙コップを軽く掲げて、ゴミ箱へと向かう。そしてそのまま、立ち去った。

患者の術後の容体変化に対応するため、今夜は院内に泊まるのだ。

成沢が食堂から出ていくのを見届けてから、

「まさか、ここで爆弾を落としてくるとはね。それも余計なおまけまでつけて。……油断してたよ」

倉橋は、力なく笑って、そう言った。

だが、涼聖は返す言葉を見つけることができなかった。

5

患者の術後の様子は順調で、術後丸一日が過ぎても何の問題も見られなかった。

そのため、成沢は予定通りに帰ることになった。

「ああ、名残惜しいなぁ……」

朝食後、まとめた荷物をアルファロメオに積み込んだ成沢は、ため息とともに呟く。

見送りには、倉橋もたまたま非番だったので姿を見せに来ていた。

「名残惜しいのは伽羅の料理と陽の接待に関して、ですよね？」

涼聖が言うと、成沢は真面目な顔で頷いた。

「もちろんだよ。伽羅さんを料理人として連れて帰って、陽くんを僕の養子にできたら最高なんだけどね」

「光栄ですが、俺、集落でただ一人のイケメンピザ職人なんですよねー」

笑って言う伽羅に、

「今度はぜひ、そのピザを食べさせてもらいたいね。陽くんが絶賛してるから、ずっと気になっちゃってて」

成沢は笑顔で返す。

「なりさわさん、またきてね」

陽が無邪気に言うと、成沢はそっと膝をつき、

「うん、また来るよ。その時はまた遊んでね」

陽とハグをする。

「うん。またあそぼうね！」

ギュッとハグを返してくる陽に「やっぱり可愛いなぁ」と呟きながら、成沢は立ち上がる。そして隣に立っていた倉橋に、

「じゃあ、倉橋くんも」

と、流れで冗談のように軽くハグをする。

「何やってるんですか」

苦笑する倉橋に、

「もし、ときめいたらヤバいかなって一瞬思ったけど、ときめきは皆無だったね。よかった」

よく分からない納得をしてから、涼聖を見る。

「あ、俺はハグはいいです」

先に断りを入れる涼聖に、

「つれないんだから」

笑って返した成沢は、

「本当に名残惜しいけど、ずるずると帰れなくなりそうだから、行くよ。本当に世話になったね、ありがとう」

そう言って車に乗り込む。

「なりさわさん、ぜったい、またきてね！」

ドアを閉めた成沢に、陽が手を振り言う。成沢は窓を開けると、

「うん、必ず。またね、陽くん」

そう返して手を振ると、エンジンをかけ、ゆっくりと車を出した。

家の前の坂道を車が下っていくのを見送る中、香坂家の屋根に止まっていた一羽の烏が、山のほうへと飛び立った。

◇◆◇

——なんだ、あれ。

自領の住み処へと飛びながら、橡は先ほど見た光景が脳裡に再び浮かぶのを感じた。

知らない男と、倉橋が抱き合っていた。

その前に男は陽とも同じようにしていたので、ハグとかいう挨拶だろうということは分かるが、

——異国ならまだしも、日本で、成人した男同士が普通することなのか？

もう少し若い世代なら分かるが、三十を超えた男同士がすることとは思えない。

モヤモヤするが、モヤモヤするのは、あの光景にモヤモヤしている自分に対しても、だ。

——それもこれも、伽羅の野郎が余計なことを言うからだ。

恋じゃないのか、などと言われて、それまで特に意識していなかったと思うのだが、妙に倉橋のことを考えてしまうようになったのだ。

「まったく、むかつく……」

住み処の一つである廃屋に戻った椽は、なぜだか脳内に何度も繰り返されるハグシーンにいら立ち、吐き捨てる。

「うー？」

椽の膝の上で、ご機嫌な様子で陽からもらったあひるの親子のおもちゃをいじっていた淡雪は、その声に反応して、椽を見上げた。

「なんでもねぇ。おまえはご機嫌で遊んでろ」

椽は繋がっている仔あひるを指先でつまんで淡雪の前でちらちらさせて気を引く。淡雪は仔あひるに手を伸ばして、またおもちゃに夢中になった。

そんな淡雪をぼんやりと眺めていると、

「おう、橡。戻ってきてたのか」

廃屋に一羽の烏が入って来て、橡に一番近い——が、淡雪の手が届かない——宿り木に止まった。

「藍炭か……。どうした、何かあったのか」

入って来た藍炭は橡の側近——というか、幼馴染みであり、悪友だ。人の姿になることはできないが、橡の良き相談相手でもあった。

「いや、何もないが、あの件、琥珀と伽羅に連絡したか？」

藍炭の言葉に、橡は頭を横に振る。

「いや、出かけたんだが、人間の客が来てたんで戻ってきた」

朝、香坂家に向かったのは遊びに行ったわけでもなければ、ただ立ち寄ったというわけでもない。伝えておいたほうがいいだろうと思えることがあって、出かけたのだ。

そして、見てしまったのが、あのハグシーンだ。

「火急の用ってわけじゃないにしても、早めに伝えといたほうがいいんじゃないか。勘違いや杞憂ならそれに越したことはないが、万が一って可能性もないわけじゃないだろう」

「……ああ、そうだな」

橡は言って、時計を見た。

帰ってきて、かなりぼんやりと過ごしていたらしい。時刻はもうすぐ一時になろうとしていた。

「もうこんな時間になってんのか……。行って、少し待ちゃ、琥珀も診療所から戻ってくるかもしれねぇな」

今日は土曜だ。診療所は午前中で終わりのはずで、何も用事がなければ琥珀たちも家に戻ってくるはずだ。

もし、戻ってくるのが遅いなら伽羅だけにでも伝えておけばいいだろう。

椽は足の間に座って、ご機嫌であひるのおもちゃをいじっている淡雪を一度軽く抱き上げて、座布団の上に座り直させる。

「行ってくる。藍炭、その間、淡雪を見ててくれ」

「……仕方がないな」

藍炭は重い口調で答えた。

それもそのはずで、藍炭もこれまでの淡雪の無体の数々の被害者なのだ。

「ベビーサークルに入れていくから、見てるだけで……」

椽がそう言った時、座布団の上に座らせたはずの淡雪が少しハイハイで移動して来て、足をギュッと摑んできた。

「あー」

椽を見上げ、にっこり笑顔で『連れていけ』と訴えてくる。

「すぐに戻るから、留守番してろ」

その言葉に淡雪はとりあえず、ノーと言われたことだけは理解した様子で、見る間に目に涙を浮かべると、猛然と泣き出した。

「はぁ？　なんで泣くんだよ？　今日は倉橋さんはいねぇし、すぐに戻るっつってんだろ！」

「橡、赤子相手に理性的に説明しても無理だぞ。特に淡雪の場合、相手に条件を呑ませるか、泣き疲れるまで泣くのをやめんことくらい知ってるだろ？」

藍炭は極めて冷静に返してくる。

「……はぁ…」

「泣いちまった淡雪の世話は俺には無理だぞ。ベビーサークルに入れて、泣かせっぱなしでいいっていうなら別にかまわんが」

自分がついていてもギャン泣きが治まるか治まらないかは微妙なところだが、さすがに放置して出かけるのはためらわれた。

「仕方ねぇ……」

ため息交じりに言うと橡は淡雪を抱き上げた。

「遊びに行くんじゃねぇぞ。話が終わったらすぐ帰るからな」

一応、言ってみるがギャン泣きの淡雪の耳に届いているかどうか、微妙なところだ。

「ゆっくりして来い」

そう言って送り出す藍炭に
「あいつらにそうそう迷惑ばっかりかけてらんねーんだよ」

椽は返して、淡雪と一緒に廃屋の外に出た。

あまりギャン泣き状態の淡雪を連れていくのもためらわれて、少し遠回りをして時間をかけたせいか、香坂家についた時は涼聖たちが家に帰って来ていた。

そして、椽の配慮も功を奏して、淡雪は泣いていた形跡は残っているものの、泣きやんでいた。

「つるばみさん、あわゆきちゃん、いらっしゃいませ」

陽がシロと一緒に縁側に走り出て二人を出迎える。

「いらっしゃーい。淡雪ちゃん、受け取りますねー」

すぐに伽羅もやって来て、淡雪を椽から抱き取る。

「ちょっと、話があって来たんだが……かまわねぇか？　時間は取らせねぇ」

「別に、こっちは特に予定があるわけじゃないから。上がれよ。あ、俺は外してたほうがいいか？」

涼聖が気を遣って言うのに、

「いや、込み入った話ってわけじゃねぇから。悪い、上がらせてもらう」

椽はそう言って縁側から上がって来た。

陽の教育上、出入りは玄関から、と決まっているのだが、椽は縁側から入って来ることが多い。

陽もなぜか椽の場合は「そういうもの」と捉えている様子だ。

「あわゆきちゃん、つみきする？」

「あー」

「じゃあ、もってくるね」

陽はそう言うと自分の部屋に行き、積木セットが入ったトラック型の台車をおして居間に戻ってきた。

「つみきをしまってあるはこが、おもくなってきたから、ふたつにわけてしまってるの」

何気なく言った陽の言葉を聞いて、孝太が作ってくれたのだ。

トラックの荷台から積木を下ろし、陽とシロ、そして淡雪は三人で遊び始める。

もっとも淡雪は、積木を積んでは崩し、積んでは崩し、と「一人賽の河原ごっこ」とでもいえる遊びをしているのだが、楽しいらしく、声を上げて喜んでいる。

その様子にしばし目をやってから、

「朝に一度来たんだが、客がいたみてぇだったから」

橡が言った言葉に、琥珀と伽羅は頷いた。

「ああ、お見えになっていたのには気づいていたのだが、すまなかった」

「涼聖殿の古巣のお医者さんが、しばらく泊まってらしたんですよー」

それぞれに謝罪と説明をする。

「いや、俺も連絡しねぇで来たから」

「でも、朝に来るなんて急ぎの用だったんですか?」

伽羅が問うのに、橡は、腕組みをした。

「急ぎってわけでもねぇんだが、ちょっと気がかりっていうか、奇妙な感じがあってな」

「奇妙……?」

琥珀が首を傾げる。

「ああ。俺の領内の端なんだが……そこ自体に問題はねぇんだ。それはちゃんと調べて確認してあるから、その奥から伝わって来た気配だろうと思う」

橡の説明に伽羅も首を傾げた。

「奇妙っていうのは、どういう感じなんですか? いい気配って感じじゃないから、わざわざ来てくれたんだとは思うんですけど」

「それが分からねぇ。いいか悪いか、判断しようにも、どうにも摑めなかった。奇妙としか言いようのない感じだったんだが、得体が知れねぇって時点で危惧しといたほうがいいだろうと思って、一応、伝えに来たんだ」

「橡殿の領地の端とは、方角的にどのあたりに?」

ここにわざわざ伝えに来たということは、琥珀と伽羅の治めている領地とも近いか、隣り合う場所なのだろうと思うが、方向も分からないのであれば、察しのつけようがなかった。

「あ、悪ぃ。西側だ。旧道沿いの人のいねぇ集落があるのは知ってるだろう? あのあたりだ」

椽の言葉に涼聖、琥珀、伽羅は互いに顔を見合わせる。

「どうかしたのか？」

三人の様子に椽が怪訝な顔をする。

「いや、この前、陽も連れて四人で行ってきたとこだ」

「え……？　なんでまた」

用事がなければ、そんな場所に近づくこともないだろう。だとすれば、やはり何かあったのかと思っていると、

「そうなんですよー。トンネルのところに幽霊が出るって噂があるみたいで、肝試しスポットになってるらしいんですよね。そういうのもやっぱり悪い『気』が集まってくる要素になるじゃないですか。それで、一応確認に」

伽羅がそう説明した。

「土地神殿が不在ではあるが、荒れた感じはなかった。自然に戻る最中の均衡の乱れはあるが、それも気になるほどのものではなかったのだが……」

「トンネルのほうも綺麗でしたけどねぇ……？」

琥珀と伽羅の言葉に、椽は首を傾げた。

「土地神がいねぇのか？」

「ああ、少なくとも私はその存在を感じなかったが」

「俺もです」

琥珀が言い、伽羅も意見を同じくする。

琥珀の力を侮るわけではないが、七尾の伽羅も言うのなら、いないのだろう。しかし、

「俺には、土地神が『消えた』って感覚はねぇんだ。領地を侵すことになるし、先代のおかげで俺が行くと大事になりそうだから、行ったことはねぇが『誰かがいる』っつーか……。昔、まだあそこに人がいた頃と変わった感じはしねぇんだよ」

橡はそう言うのだ。

その言葉に、今度は琥珀と伽羅が首を傾げた。

「なんとも、不思議だな」

「一応確認はしたんですけど、呼びかけに答えるものもありませんでしたし……」

二人が言うのに、橡は頷いた。

「あんたらを疑ってるわけじゃねぇんだ。わりと大きな集落だったし、俺の領地に近い場所にある、土地神じゃねぇものの祠とか、神木とか岩とかの自然神を俺がずっと土地神の気配だと思ってた可能性もあるからな」

『可能性』としてだけなら、なくはない話だ。

特に橡の領地に対しては、先代が領地拡張に向けて周辺と諍いを繰り返したこともあり、周辺の土地神たちが強い結界を張って、様子を探りづらくしていたこともある。

琥珀とて長らくそうしていたのだ。

そのせいで、本来の土地神の気配を知らない今の橡が、そうではないものの気配をそれと勘違いしているということもなくはないのだが、橡本人にしても、そして琥珀と伽羅にしても、釈然としなかった。

「まあ、何もなけりゃそれでいいんだ。ただ、妙な気配があったってことだけは留意しといてくれ」

橡の言葉に、琥珀と伽羅は頷いた。

「分かった。わざわざすまなかったな」

「いや……隣り合う領地だ。どっちかに何かがあったら、累が及ぶかもしれねぇって点じゃ、情報は共有しといたほうがいい」

そう言った橡に、

「先代にそういう気持ちがあれば、橡殿の今の苦労の半分はなかったでしょうにねぇ……」

ため息交じりに伽羅は言い、

「残りの苦労の半分は、今はご機嫌そうだぞ」

涼聖は笑って、視線を淡雪に向けた。

淡雪は相変わらず「一人賽の河原ごっこ」を続けていて、積んだ積木を崩しては嬉しそうに声を上げている。

その様子を見やって、

「橡殿、淡雪殿はしばしこちらで預かっておこう。その間、お眠りになるなら客間に行かれればよいし、仕事があるならお出かけになるといい」

琥珀が言う。

ご機嫌モードの淡雪を無理に連れ帰ると面倒なことになるのは、簡単に予測できるからだ。

「……いつもすまねぇ」

淡雪を預かってもらえるなら、世話を頼んだ烏たちが被害を被っていないか心配しながら仕事をしなくてもすむ。

よって、ここはもう甘えておくことにした。

「あとで迎えに来る」

橡はそう言って立ち上がる。

「ゆっくりでいいですよー。羽を伸ばしてきてください」

伽羅も言って、なぜか立ち上がると、

「お見送りしてきますねー」

と、続けた。

その声に、淡雪とは別で積木に夢中になっていた陽は橡が帰るのに気づいて、「つるばみさん、かえるの?」と聞こうとしたが、伽羅が唇の前に人差し指を立てて「シー」のポーズを取っているのに気づいて、唇の動きだけで「いってらっしゃい」と伝えてきた。

声を出さないのは、淡雪に気づかれないためだ。

遊びに夢中になっている間は、夢中にさせておくほうがいろいろと助かるのだ。

椽は陽に頷いて返すと、伽羅と一緒に居間をあとにした。

そして、飛んで帰るために山道へ入ったところで、

「そういや、来てた客は涼聖さんの古巣の医者ってことだが、帰ったってことは、こっちに赴任してきたとか、そういうわけじゃないのか？」

倉橋との関係が気になって、さりげなさを装って聞いた。

「ええ。こっちの病院の先生じゃできない手術があって、手伝いで来てくださってたんですよー。大学も同じで、涼聖殿と倉橋先生、お二人の共通の先輩で、その上、古巣の大学病院の御曹司ですよ」

「どうりで、高そうな車だと思った」

そう言った椽に、伽羅は、

「うかうかしてると、倉橋先生取られちゃいますよー？」

笑って言った。

「はっ、好きにほざいてろ」

椽は気にしないふうを装って言ったあと「淡雪を頼んだぞ」と付け足すと、翼を広げ、木々の間を縫って飛んで行った。

「まったく、素直じゃないんですからー」

伽羅は呆れたように呟いて、家に戻った。

淡雪は相変わらず、積木に夢中だったが、陽とシロは一段落したのか、それとも一時休憩かは分からないが、ちゃぶ台について、お茶を飲んでいた。

「伽羅、おまえお茶は？」

涼聖が問うのに、お願いします、と返して伽羅は定位置についた。

その伽羅に淹れた茶を出し、

「成沢先生がいる間、世話になったな」

涼聖は礼を言う。

「いえ、別に大したことは何もしてませんよー。御曹司だから、食事とかにうるさい人なんじゃないかなって思ったんですけど、なんでもおいしく食べてくれてましたし、不満もなさそうだったし……いい人ですよねー」

「なりさわさん、こんどはもっといっぱいゆっくりできたらいいのに」

陽もお茶を飲みながら言う。

「そうだな。でも、成沢先生はこれからもっと忙しくなりそうだ。それに、倉橋先輩も、近々、一時的に成央に呼び戻されることになるだろう」

ため息交じりの涼聖の言葉に、伽羅は目を見開き、琥珀もやや驚いた様子で涼聖を見た。

可能性としていずれは、という話は何度も聞いていたが、それが実際にそうなるかもしれないとなると襲ってくる現実感は重かった。

だが、陽とシロはまだ事態が飲み込めていないのかキョトンとしている。

「それ……、もう決まった話なんですか？」

伽羅が問うのに、涼聖は難しい顔をした。

「病院長、つまり成沢先生の父親だが、病気で、長くて三年だそうだ。その間に成沢先生は後継者としていろんなことを引き継がないとならなくなる。大学病院の上のほうは、わりとギスギスしてんだよ。教授連中がちょっとでも上の地位をって狙ってるし。成沢先生の場合、後継者ってことは誰もが認める部分だけど、若いから、足をすくってって感じで狙ってる連中も多いと思う。そういうくだらねえ諍いを起こさないために、これからいろいろ動くつもりでいるんだと思うんだけど、今、成沢先生は倉橋先輩の抜けた穴を埋めるために現場に出てる時間も多くて……。それに倉橋先輩が手掛けてた総合病院の救命システムの改善も、運用して微調整って段階に入ってるから、あとは本来のスタッフでやってくべきだって」

「……妥当な判断、ということか」

琥珀が言うのに、涼聖は頷いた。

「ああ。実際、先輩の当初の赴任期間は大幅にオーバーしてる。今まで大目に見てもらえてたのが不思議なくらいにな。先輩が向こうに帰るのは、当然のことだろうと思う」

その言葉で、やっと陽とシロは話の内容を理解した様子だ。

「くらはしせんせい、いなくなっちゃうの？」

ショックだったのか、眉根を寄せて陽は問い、伽羅は伽羅で、橡の恋愛の進展的な問題でショックを受けた。

——あのバカラス！　だから早めにって言ったじゃないですかー！

いずれ帰る人だということは以前にも言っていた。

恋心に気づいたのが最近だから仕方ないかもしれないが、そもそも恋心に気づくまでが遅いし、今だってちゃんと自覚してるかどうか怪しい。

——もっとお尻を叩くべきでしたね……。

自分の失策を伽羅は悔やむ。

「倉橋先生は、いつ頃向こうに？」

今後の対策を立てねばならないので、伽羅は聞いた。

「とりあえず成沢先生が向こうに戻ってから、正式に帰還の命令を出すって言ってた。でもそれは一時的なものだと思う。こっちの病院だって、もう先輩を戦力として考えてシフトを組んでるから、今回は、現場報告を兼ねての一時的な帰還があって、そこで今後のことを決めるんだと思う。それで、何ヶ月後には正式に成央に復帰って決めて、こっちにまた戻って来て、いろんな始末をして……って流れになるんじゃないか？」

「じゃあ、まだもうしばらくはこちらにおいでになるのか？」

琥珀が聞いた。

「ああ。でも、長くても二ヶ月くらいだろうな」

「向こうでの話し合いの結果、倉橋先生がずっとこっちにいていいよー、なんてことになる可能性は？」

にぶちんの橡の尻をバシバシ叩いていくにしても、二ヶ月は短いと思う。

なぜなら橡は本当に鈍いし、シャイなのか何なのか、とにかく恋愛方面では腰が重い。

――って言うか、絶対あの人、片思いとか経験ないですよね？　付き合う時はいつも向こうから言い寄ってきてってパターンですよね？

リア充への軽い殺意を覚えつつも、伽羅は橡の、頼まれてもいない恋愛成就のために必死になる。

「難しいっていうか、ないだろうな」

だが、涼聖の返事は伽羅の願望を打ち砕くものだった。

「くらはしせんせい……いなくなっちゃうの、やだ」

陽の呟きが、居間に小さく響いた。

その向こうでは淡雪がまた、賽の河原崩しをして、楽しげな声を上げていて――倉橋が帰ってしまったあとの淡雪の悲しみに思いを馳せて、涼聖、琥珀、伽羅も重い気持ちになった。

夕方になり、仕事を終えた椽が淡雪を迎えにきた。

「あれ、涼聖さんたちは？」

居間には伽羅と淡雪しかおらず、シロは別室にいるのだとしても、他の三人がいる気配そのものが感じられなかった。

「涼聖殿と一緒に街まで買い物に行ってます」

倉橋が帰る、というのがことのほかショックだったらしい陽を気遣って、気分転換に街のショッピングセンターへと涼聖が連れだしたのだ。

それに琥珀もついて行き、伽羅は留守番に残った。

「そうか。淡雪、長いこと預かってもらって悪かったな」

椽は礼を言い、伽羅から淡雪を抱き取った。

散々「一人賽の河原ごっこ」を堪能した淡雪は、そのあと、伽羅のおやつを食べ、ついさっきうとうととし始めて寝たところだ。

「運がよければ明け方まで寝てくれると思います」

伽羅はそう言ってから、

「さっき、涼聖殿から聞いたんですが……倉橋先生、元の病院に帰っちゃうそうです」

静かに告げた。

「え……?」

「朝、来てたお客さんが元の病院の御曹司だっていうのは言いましたよね? つまりは、上司に当たる人なんです。今回、今の病院での倉橋先生の仕事を見て、もうここでやるべきことはやったって判断されたみたいで……近々辞令を出すって」

伽羅は沈痛な表情で言うが、椽は突然のことで、どう返していいか分からなかった。

その椽に、

「いいんですか? このままで!」

この期に及んで反応が鈍いことに、ややキレ気味に伽羅は聞いた。

「いいんですかって、どうしろって言うんだよ? そもそも烏天狗と人間で、しかも男同士なんだぞ?」

それに、自分自身の気持ちさえ、伽羅に煽(あお)られて「もしかしたらそうなのか」と意識しただけで、判然としていないのだ。

思ってもいなかった言葉をつきつけられて、過剰反応しているだけかもしれない。

そんな状況では、何をどうすることもできないと椽は思う。

だが、そんな椽に伽羅は、

「じゃあ椽殿は、このまま倉橋先生と別れて、何の未練もないってことですか？」

はっきりと聞いてきた。

「……仕方のねぇ話だろ」

返事に困った椽はそう返すのが精いっぱいだった。しかし、

「どうせうまくいかないから仕方ないっていう意味なら、当たって砕けて未練なくしてください。どうせ失恋したって帰っちゃうんですから、気まずくはなんないでしょ。うまくいけば儲けもんだと思って言えばいいんです！」

伽羅は焚きつけた。

「とにかく、アドバイスはしましたからね。あと、倉橋先生は集落の後藤さんのおうちの二階を間借りしてます。じゃあ、あとはお好きなように。お仕事お疲れさまでした！」

伽羅は一気に言うと、居間へと戻り、縁側との境の障子戸をピシャっと閉めた。

締め出された格好になった椽は、

——そう言われても……。

定まっていない自分の気持ちを持て余しつつ、とりあえず淡雪を連れて山に戻ったのだった。

6

まるで、全員の胸のうちを表すかのように、翌日からは連日雨だった。

ただでさえ陰鬱な気分に、雨の湿っぽい空気は拍車をかける。

普段から淡雪は、日光に弱い肌などのことを考えて、日中外に出さないようにはしているが、雨では夜のお出かけもできないため、すこぶる機嫌が悪い。

おかげで椽は、気が滅入ることこの上なかった
「おう、不景気なツラしやがって。どうした？」

雨の中飛んできた藍炭は、廃屋の三和土で翼をはためかせてかかった雨を軽く飛ばし、いつものように止まり木に止まった。

「雨で、淡雪の機嫌が悪ぃ。今さっき、やっと泣き疲れて寝たとこだ」

「まあ、こう雨が続きゃな。梅雨入りかねぇ」

藍炭はそう言って多少納得したような様子をしたものの、

「で、それ以外のおまえさんの悩みはなんだ？」

胸のうちを見透かしたようなことを言ってきた。

「はぁ？」

「隠したとこで無駄だぞ。長い付き合いなんだ、おまえさんがいつもと違うのは分かる」

藍炭の言葉にとぼけようかとも思ったが、藍炭の言う通り長い付き合いなのだから、そのうち悟られるだろう。

椽はやや黙してから、聞いた。

「おまえ、好きな奴はいるのか？」

椽の問いに藍炭は驚いたように、止まり木を掴んだ足を、まるで足踏みするように動かした。

「はっ……、『独り寝回避の相手はいても恋人はいない』でお馴染みのおまえから恋愛相談を受ける時がくるとは思わなかったな」

そんなふうに言ったものの、すぐに、

「今はいないが、好きな相手は何度もいたぞ」

そう返してきた。

「その相手は、今は」

「生きてる間に別れたのもありゃ、死別もあるが、死別のほうが多いな。まあ、あちらは普通の鳥だから仕方がないが」

椽と同じく長く生きて来た藍炭は、普通に恋愛をしたことがあるらしい。

「俺の親父もそうだが、先に相手のほうが死ぬって分かってて……空しくはなんねぇもんか？」

空しい、と言ってから、違うなと思ったが、適当な言葉は思いつかなかった。

「好きになっちまったら仕方がないからなぁ。一緒にいられる時間が短いって分かってるぶんだけ、会える時は優しくしてやろうとか、そうは思ったが」

「親父もそうだったと思うか？」

「いや、おまえの親父さんは天性のタラシだ。腹違いの兄弟なんてのが、淡雪だけですんでんのは正直奇跡だと思うぞ。まあ、他の兄弟は普通の烏として生まれついて、もう寿命を終えてんのかもしれないがな」

「だよな」

　橡の父親も、人の姿になる能力を持っていた烏天狗だ。先代の橡は、橡の父を、自分の座を脅かすかもしれないと考えていて、その嫉妬を躱すために放蕩者を演じている、と見られることもあったが、正直、あれは本人の性格によるところだと思う息子の橡である。

「息子のおまえが、割合固いというか、基本商売女しか相手にしないのは、親父さんのトラウマか？」

「そこまでナイーブじゃねぇよ。単に面倒だっただけだ」

　先代に子供はなく、橡の父親が放蕩者で、領地へ滅多に帰って来ない放浪の旅に出るような烏天狗だったため、先代は放蕩すぎる父親をもつ橡を哀れに思ったのか、我が子のように目をかけてくれ、やがて能力を買って次代をと言うようになった。

　その頃から橡に言い寄る烏は多くいたが、つまりは「次代の正妻の座」やら「次代の寵愛（ちょうあい）」やらが欲しいだけなのは分かっていたので、正直面倒以外の何物でもなかったのだ。

人の姿を取って人界に向かえば、欲望を満たすのには苦労はしなかったし不自由もしなかったから、それでいいと思っていた。

「で、ナイーブじゃないおまえさんが、ナイーブに悩むほどの相手ってのは、どんな奴なんだ？言ってみろ」

藍炭が核心に触れてくる。ごまかすつもりもなかったし、ここまで言ってだんまりを決め込むつもりもなかった。

「種族が違う上に、男だ」

それを聞いた途端、藍炭は、

「まさか、伽羅殿か！」

興奮したように、ばっさばっさと止まり木にしっかりと摑まったまま、翼をはためかせた。

「違ぇ！　気持ち悪いこと言うな……、見ろよこの鳥肌」

思ってもいなかったことを言われ、うっかりその想像をしかけた椽は、粟立った腕を藍炭へと差し出す。

「いや、もともと鳥だろ、おまえも」

「そういう意味じゃねぇ。とにかく、あいつじゃねぇよ。人間で、よく涼聖さんのとこに来る男だ」

椽が言うと、藍炭は思案するような間を置いてから言った。

「そうだな……、寿命も違うし、正体を明かすこともできんから、まあ、一緒にいられて三、四年ってとこか。それ以上は年を取らないのがバレて奇異に映るだろ」

それはつまるところ、先のない、短命で終わる恋愛だということだ。

橡も、それは理解していた。

涼聖のように自分たちの存在を平然と受け止められるような者は、稀なのだ。

「具体的にいつかは知らんが、そのうち、この土地を離れることになるらしい」

橡が付け足した情報に、

「そりゃ、好都合じゃないか」

藍炭は言った。

「あ？　どういう意味だ」

何が好都合か分からず問うと、

「告白して失敗しても、会わなくなる相手なら長く傷を抉られることもないだろうし、すぐに忘れられる。うまくいったとしても、長距離恋愛なんてもんは長く続かないってのが相場だ。正体バレする前に別れられる。終わりが見えてる分、楽に付き合えるし、それまで一緒にいられるなら儲けもんだろ」

藍炭は現実的かつ的確な展望を返してきた。

数々の恋愛をこなしてきた藍炭だからこそのアドバイスだとは思うが、的確すぎて、正直引いた。

「まあ、玉砕覚悟で告白するのがいいんじゃないか？　やらない後悔よりやって後悔のほうが実りがあるぞ。失恋したら、やけ酒でもなんでも付き合ってやる」

藍炭が軽い口調で言うのに、橡は曖昧に「ああ」とだけ返した。

藍炭に、好きな相手がいる、とは言ったものの、本当に自分の気持ちが恋愛のそれなのかどうか、確かなものがないのだ。

むしろ、恋愛というものがどういうものか、分からない。

恋を、したことがなかった。

「まあ、青く悩め」

藍炭は言うと、「寝床を借りるぞ」と言って、隣の部屋にある側近たちが泊まる時に使う巣へと向かった。


それから三日、数時間雨が止むことはあったが基本的には降り続き、相変わらず淡雪の機嫌は悪く、そのため側近の烏たちは戦々恐々とし、橡は答えが出ず、悶々としていた。

「おい、そんなふうに眉間にシワ寄せて不景気なツラしてんなら、気分転換に外に行って来い。今なら淡雪は雛(ひな)の状態で寝てる。俺が見ててやる」

男気を出し、淡雪の世話を買って出た藍炭に言われ、橡は「すぐに戻る」と言って、淡雪を起こさないように細心の注意を払って廃屋を出た。

雨は止んではいなかったが、木立の間を通っていけばかからずにすむ程度のものだった。

木々の間を縫って到着したのは、香坂家だ。

とはいえ、今は平日の昼間。涼聖たちが診療所でいないのは分かっている。

だが、目当ての人物はいるはずで、実際、いた。

伽羅の治める領内に入った時点で、橡の来訪は分かっていたらしく、庭先に橡が姿を見せても伽羅は大して驚いた様子は見せなかった。

「雨の中、わざわざ一人でいらっしゃるとは思いませんでしたけど」

そう言いながらも、上がってください、と声をかけてくる。

それに橡は家に上がった。

ちゃぶ台の上にはシロがいて、伽羅と一緒に料理の雑誌を見ていた様子だったが、

「こみいったおはなしになるようですので、われは、へやにもどっています」

橡の様子からいつもとは違うものを感じたのか、そう言うと伽羅の体を伝って畳の上に下り、橡に「どうぞ、ごゆっくり」と声をかけて、隣の陽の部屋へと姿を消した。

「お茶でいいですか？」

「……ああ」

軽く返事をして、橡は腰を下ろした。

すぐに伽羅がお茶を出してくれて、一口飲んだ。

「で、急にいらした御用向きは？」

にっこりと、丁寧な口調で聞いてくるのは、何のために来たか分かっているからだろう。

それに椽はしばし黙したあと、

「正直、いろいろ持て余してる」

「はぁ……」

気のない声の相槌だけで、伽羅は続きを促してくる。

「恋愛ってもんが、どういうもんか、正直分からねぇってのもあるし、実際問題として、住む世界が違いすぎて、先もねえのにどうこうしてっていうのも、なんかな」

椽の言葉に、伽羅は今にも「メンドくさっ！」とでも言いだしそうな呆れた表情をして、

「椽殿が実際のところ、倉橋先生のことをどう思ってるかは俺には分かりませんよ」

突き放したようなことを返した。

「おまえが、『恋』だとか吐かしたんだろうがっ！」

だから、悩む結果になったのだ。

おまえのせいじゃないかと続けそうになったが、

「まったくそんな気がなかったら、笑い飛ばして終了でしょうが。椽殿が言った通り、住む世界が違う上、男同士なんですよ？　通常あり得ないんですから。仮に俺が、『甲斐甲斐しく淡雪ち

ゃんの世話を見てんのは、橡殿によく思われたいからだろ？』なんて誰かに言われたら、ブチギレる勢いであり得ないですから」

先にそう返してきた伽羅に、藍炭に相手は伽羅かと疑われた時に速攻で鳥肌が立ったのを思い出した。

「じゃあ、やっぱり恋か、これは」

「だから知りませんって。まあ『好き』にも濃度っていうか程度がありますからね。ときどき会って話すだけでいいのか、全部欲しくなるのか、自分じゃない誰かとひっついても、相手が幸せならその姿を見るだけで満足なのか、それは橡殿にしか分かんないでしょう？」

伽羅の言葉に橡は黙した。

しばらくの沈黙ののち、先に口を開いたのは伽羅だった。

「ああ、そうだ。倉橋先生、来週に東京に戻るそうですよ。辞令が出たそうです」

さらりと告げられた内容に、橡は息を呑んだ。

「そんなに早く？」

「まあ、仕方ないですよね。有能な医者は、どこも欲しいですし。正確な時間は知りませんけど、火曜の朝にこっちを出て、病院に借りてる車を返して、電車で、だったかな。時間がないってことだけは確かですよ。まあ、このままサヨナラ、で綺麗な思い出にしちゃうのも手かもしれませんけどね」

動揺する椽の姿を見ながら、伽羅は密かに「かかったな」と胸のうちで呟いた。

倉橋が来週の火曜に東京に戻るのは嘘ではない。

ただ、言っていない単語があるだけだ。

そう、言っていないだけだ。

「一旦」という単語を。

火曜に戻るが、週末にはまたこっちに戻って来るのだ。

――焦って、よく考えてくださいよー。その上で足踏みするなら、そこまでの感情ってことでしょうしねー。

胸のうちをおくびにも出さず、伽羅は自分のお茶を啜った。

廃屋に戻って来た椽は、あれからずっと悩んでいた。
来週、倉橋が帰る。
伽羅から聞いた時、確かに自分でも驚くくらいに心が揺れ動いた。

いずれ帰ることになるとは聞いていたが、まさかこんなに早く、とは思っていなかったのだ。

辞令が予想外に早くて驚いたというのもある。

そして、それだけではない感情があったのも、分かっている。

驚きの次に感じたのは、喪失感、そして、寂しさだ。

それらがどこから起因しているのか、それはあまりに不確かで、決めてしまうのが難しい。

「くーし、くー……っ！　く！」

悩み続ける橡の傍らでは、淡雪が倉橋に抱っこされている写真を手にご機嫌だ。

伽羅が写真をプリントアウトして、くしゃくしゃになってしまわないようにラミネート加工してくれたのだが、それをギュッと持って、にこにこしながら見ている。

写真をもらったのは少し前で、もらってきてすぐに棚の上に置いて忘れていたのだが、

「雨で外に出られねぇからって、不景気なツラで家の中にいるんなら、清算的に掃除すりゃどうだ？」

と藍炭に言われて、片づけ始めたところで見つけたのだ。

長雨で機嫌の悪さのマックス状態が続いていた淡雪だが、見つけた写真を渡すと途端にご機嫌になった。

以来、起きている時間の半分は写真を眺めている。残りの半分は、やはり意味不明に泣いているか、いたずらをしているか、だが。

――ガキは素直に好きとか、そういう表現がストレートにできていいよな……。

倉橋ラブを超ご機嫌モードで表現する淡雪の姿を見ているとしみじみそう思う。

そして、そう思ったところで、

「あ、やっぱり俺、好きなんじゃん……」

不意にそう思った。

淡雪が素直に、倉橋のことを好きだと表現できるのをうらやましいと感じたということは、つまりそういうことだ。

「……マジか…」

ここにきてようやく椽は自分の感情に確信を持った。

だが、確信したものの、もう残された時間はあまりに短い。

告白をして、倉橋が憎からず思ってくれていたとしても、もう火曜には帰ってしまうのだ。

「今日が土曜だから……」

あと二日。

言っても、言わなくても、二日だ。

今度は、どうするのか、で椽は悩み始めた。

「倉橋先生、お客さんがお見えだが……」

月曜の夜、後藤の家の二階で荷造りをしている倉橋に、後藤がそう声をかけた。

「客、ですか?」

「ああ。この辺じゃ見かけん顔の、背の高い若い兄ちゃんだ。……身に覚えのない相手なら、帰ってもらうか?」

後藤が知らないのであれば、集落の人間ではないだろう。そして「若い男」に該当する知り合いとなると、病院の誰か、という可能性が高い。

「もしかしたら、病院のスタッフかもしれません。行きます」

倉橋の言葉に、後藤は「ああ、病院の」とやや納得したような様子を見せる。

二人で階段を下り、倉橋は玄関へと向かうが、後藤は本当に倉橋の知り合いなのか心配らしく、居間には戻らず、玄関が見える廊下で見守るように立っていた。

だが、玄関にいた人物を見て、倉橋は驚いた。

「あれ…椽さん」

そこにいたのは、椽だった。

「……どうも」

椽は、小さく頭を下げる。

そして、椽と聞いて、心配していた後藤も、

「ああ、偉く疳の虫の強いって赤ちゃんの兄さんか」

椽の話は聞いているらしく、安心したのか、そうかそうか、と納得した様子を見せた。

「訪ねてくるなんて、淡雪ちゃんに何かあった？　香坂はいなかったのかな？」

淡雪に何かあれば真っ先に涼聖に頼るだろう。

そうではなく、わざわざ訪ねてきたということは涼聖が急患でも出て、不在なのかもしれないと思った。

「いや、淡雪は問題ない。いや、問題なくもないが、大丈夫だ。今日はちょっと、話したいことがあって……」

「話？　何かな？」

問う倉橋の声に、椽は何かを言いかけて、ちらりと奥にいる後藤を見た。

その視線で、少し込み入った話――もしかすると、あまり人に知られたくない生い立ちに関するものかもしれない――だと察した倉橋は、

「雨、止んでるみたいだし、散歩でもしながら聞こうかな。後藤さん、ちょっと出てきます」

後藤にそう声をかけると、靴を履き、椽とともに家を出た。

「このところずっと雨だったから、淡雪ちゃん、ご機嫌斜めだったんじゃないかな？」

歩き始めてすぐ、倉橋は聞いた。

降り続いていた雨は日が暮れてから止んだが、天気予報では夜半過ぎから再び降るらしい。

まだ当分、こんな日が続くようだ。

「ああ。日中外に出してやれねぇ分、日が落ちてからよく散歩に行ってたんだが、雨の中、出んのも億劫だし、湿気があんまりよくなさそうなんでな。癇癪が倍増して、障子紙をボロボロにしやがった」

廃屋とはいえ、建具類で修理できるものは修理し、掃除や片づけもちゃんとしてなるたけ清潔に暮らしているのだが、基本障子は張るたびに淡雪の餌食だ。

「破れない障子っていうのがあるみたいだから、今度はそれにしてみたらどうかな」

淡雪の癇癪っぷりを想像したのか、倉橋は少し笑って返した。

「むしろ、鉄板でも仕込んでやりたい気分だ」

その椽の言葉に倉橋は声を立てて笑った。

「鉄板かぁ……、淡雪ちゃんのいたずらっぷりは、そんなになのかい。香坂の家に居る時は、ご機嫌にしてくれてることが多いのにね」

「それは、あんたがいる時だけだ。普段は涼聖さんのところでも泣き出したら厄介なことになってる。本泣きになる前に伽羅があの手この手で宥めて、小噴火ですんでるけどな」

その伽羅も最近は泣き声専用ノイズキャンセラーでも身に付けたのか、スリングで抱っこしている淡雪が泣いていても、気にせず料理をしていることがある。

そのうち、漂ってくる料理の匂いに気を取られて淡雪が泣きやんでいることも多い。

「そんなふうに言っても、ちゃんと世話を見てるから、すごいと思うよ。おむつかぶれもなければ、栄養状態に問題もない。夜泣きの酷さっていうのは、本当に個人差があるからね。むしろ、自分のことを二の次にしてそうな椽さんが心配だよ」

心配してくる倉橋の言葉に、椽は、ああ、と嘆息する。

それはただの、「複雑な家庭の事情で、弟を育てている苦労人」を気にかけている言葉でしかないのに、喜んでいる自分がいた。

「……涼聖さんや、あんたがいなかったら、早晩、白旗あげてただろうと思うよ。けど、おかげでなんとかやっていけてる」

椽はそう言ってから、続けた。

「明日、元の病院へ帰るって聞いた。それで……あんたにちゃんと礼を言ってなかったと思って」

「それでわざわざ？　そんなの、かまわないのに。それに帰るって言っても、今回は一旦帰って話をするだけで、週末にはまた戻って来るんだよ」

倉橋の言葉に、椽は眉根を寄せた。

「え？　戻って来るのか？」

「うん。いきなり俺が向こうに戻ったら、こっちの病院が大変になるからね。来月のシフトはもう組んじゃってるし……。一応来月いっぱいはってことで話をしておいて、さらに一ヶ月は延長できると踏んでる」

——あのクソギツネ！

倉橋の説明に椽は胸のうちでそう毒づく。

絶対に伽羅は今回帰るのは一時的なものだと知っていたはずだ。

そして、一時的、という部分を伏せて伝えたに違いない。

黙ってしまった椽に、

「もしかして、もう戻ってこないと思ってた？」

倉橋は微笑みながら問う。

「ああ」

「大丈夫だよ、まだしばらくいるから。その間、何回か淡雪ちゃんを預かれるから安心して」

「けど、荷造りとか、忙しいだろ。悪いから……」

甘えすぎるのもどうかと思って言ったのだが、

「荷物っていっても、大してないんだよね。もともと、三ヶ月くらいって話でこっちに来たから、そんなに自分のものって持って来なかったんだ。生活道具は全部、後藤さんのところにあったし

……買い足した服くらいかな？」

「三ヶ月って……」

「うん。無視して長居してたんだ」

けろっとした様子で倉橋は返してくる。

「……ずうずうしいくらいに延長してたんだな」

全然悪いと思っていない倉橋の様子は、むしろ清々しささえある。

「こっちの居心地がよすぎてね。そのうち帰らなきゃな、とは思ってたけど、全然その気になれなかった」

やはり、悪びれもせずに言う。

そのまま、取りとめもない話をしながら、倉橋の進むままに歩いた。

そして、歩いてきた広めの路地が大きな道と交わる場所まで来て、不意に倉橋は足を止めた。

「さて、ここはもう後藤さんの家の前の道だ」

そう言われて見てみると、確かに二軒先に後藤の家が見えた。

「ただ、淡雪ちゃんのことで礼を言いに来ただけじゃないよね？　何か用があったんじゃないのかな？」

礼を言うだけなら、後藤の家の玄関先でよかったはずだ。

それを言いあぐねた様子を見せたのだから、人目を気にする話だと踏んで、外に出たのだが、
椽は一向に話しだそうとしなかった。

倉橋の言葉に、椽は悩んだ。

もう倉橋が戻ってしまうと思ったから、覚悟を決めて来たのだ。

だが、もうしばらくいるという。

――それならもう少しあとでも……。

適当にごまかして帰ることは可能だ。

でも――。

「あんたが帰るって聞いて、言っとかないと後悔すると思っただけなんで、気にしないでほしいんだが」

ためらったあと、椽は口を開いた。

「うん、何かな?」

「俺は、多分、あんたのことが好きなんだと思う」

「……え…」

突然の告白は予想すらしていなかったことで、倉橋は固まった。

その倉橋を見て、

「話ってのは、それだけだ。……気をつけて帰ってくれ」

ぶっきらぼうに椽は言うと、後藤の家とは逆側へと歩いて行く。

固まってしまった倉橋は椽を追いかけて、どういうことかと問うこともできなかった。

そして、椽の姿が闇に紛れて消えた瞬間、

「少女漫画か、今のは……」

呟いて、一気に戻ってきたいろいろな感情に片手で口元を押さえ、

「耳、熱……」

とりあえず、その場に座り込んだ。

7

翌朝もまた雨だった。

「また、すぐに戻って来るからいいのに」

後藤の家の前には、倉橋を見送るために涼聖と琥珀、そして陽が来ていた。

「それはそうですけど……、なんとなく、です」

週末には戻ってくると分かっているのだが、なぜかそのまま行かせるのが嫌で、診療所を開ける時間を十分ほど遅らせてきた。

「くらはしせんせい、きをつけてね」

ちゃんと自分の傘をさした陽が声をかけてくる。

「ありがとう、陽くん。雨も降ってるし、気をつけて行くよ」

倉橋はそう返して車に乗り込んだ。

「じゃあ、行くよ」

「気をつけて」

涼聖が言うのに、ああ、と返し、倉橋は車を出した。

車は総合病院のものを借りているので、とりあえず不在の間は病院に返しておく必要があり、まずは病院へ。

そして軽く挨拶だけをして駅に向かい、電車で戻る予定だ。

「それにしてもよく降る……」

フロントガラスに落ちてくる雨粒を見ながら、倉橋は呟いた。

昨夜も、予報通り日付が変わって少しした頃から再び降り始めていて、止んでいたのは櫞が来る少し前からの短時間だけだ。

——俺は、多分、あんたのことが好きなんだと思う——

櫞のことがふっと脳裏をかすめたのと同時に、昨夜の告白が鮮やかに脳内に蘇った。

「……まったく、ズルいなぁ、あの子は…」

苦笑いが浮かぶが、嫌な気持ちではなかった。

だが、大人として、どう返事をするべきか、悩むところだ。

「若さゆえのってこともあるし……」

何しろ、自分が帰ると聞いて、言ってきたくらいだ。

それは修学旅行前や卒業式前の、駆け込み告白にも似ている。

大して好きじゃない相手でも、大きなイベントを前にして、告白したくなるような空気感に煽られるのだ。

だから、櫞が改めて、何らかのアクションを取ってくるまでは、こちらからこの件には触れないほうがいいだろう。

——何のアクションもなかったら、一時的な気の迷いってことで黒歴史として封印してやったほうがいいだろうし……。

そんなことをつらつらと考えているうちに、いつの間にか少し前に車が一台走っていた。

おそらく、今抜けてきた集落の車だろう。

初心者マークがついているのが見えた。

先ほどより雨が強くなってきて、怖いのか、頻繁にブレーキを踏んで速度を落としている。

——少し距離を置くか……。

雨の日は視界が悪くて、初心者なら尚のこと、いろいろなことに気を取られるだろう。

車間距離を少し多めに取り、車を走らせる。

やがて、前の車がトンネルに入った。

そして、倉橋の車もトンネルに近づいた時、突然、異様な音とともに入口が消えた。

いや、消えたのではない。

目の前に突然大木が倒れてきたかと思うと、車が横転したのか、体重が右側に一気にかかった。

「な…っ……」

何が起きたのか認識する間もなく、土砂がフロントガラスを覆い尽くす。

そして再び強い衝撃が来て、倉橋は車のどこかに強く頭をぶつけ、そのまま意識を失った。

いつもより少し遅れて開いた診療所だが、雨のせいで外出を億劫がったのか、患者の数はまばらだった。

「む……」

受付で薬袋のあて名書きをしていた琥珀は、ある気配に気づいて顔を上げた。

見てみると、雨のため外には行かず、待合室で絵本を開いていた陽も不安そうな顔で琥珀を見ていた。

――何か、起きた。

何かのバランスが崩れた異質な気配だけはあったが、何かは分からず、琥珀は伽羅に心話で連絡を取った。

――伽羅、先ほどの気配、気づいたか？

――ええ。目を飛ばして探ります、少しお待ちください。

すぐに返事があり、琥珀はじっとこちらを見ている陽に静かに頷いた。

それから五分と経たず、今度は伽羅から心話で報告があった。

——街へ通じる道で土砂崩れがあったようです。道路も崩落してるかもしれません。あとトンネルの入口が完全に土砂で塞がれてます。

——分かった。

短く返したものの、腑に落ちなかった。

そのような大きな自然災害が起きる時は、事前に何らかの気配がするはずだ。

遠く離れた場所ならそれが感じられないこともあるが、伽羅が伝えてきた場所は、さほど遠いわけではない。

とはいえ琥珀の遠近感は神に属するものの感覚であり、集落では土砂崩れが起きたことすらまだ伝わっていない。

それが集落に伝わったのは、街に行こうとした住民が途中で道路が土砂崩れでなくなっている、と引き返してからのことだった。

「ええ！　じゃあお買い物、しばらくどうなるの？」

「やだわぁ、明日、車を出してもらうことになってたのに」

真っ先に困るのは、それだ。

待合室のそこかしこで、遠いが、逆側の街に行くしかないという話題が繰り広げられる。

二時間ほどがした頃、始まったワイドショーでも、土砂崩れの様子が放映され始めた。

「うわぁ。えらいことになってんなぁ……」

「ずっと雨が続いとったから、地盤が緩んどったんかねぇ」

上空を飛ぶヘリコプターからの映像が映し出される。

診察を終えた患者のカルテを琥珀に渡しに来た涼聖も、テレビに映し出される光景に眉根を寄せた。

「これは……酷いな」

土砂崩れが起きたことはすでに患者から聞いて知っていたが、映し出された映像は、知っている場所だけに生々しく、恐怖さえ覚えた。

「復旧までどのくらいかかるじゃろ……」

「上から土砂が落ちてきとるだけなら、土砂を取り除いて終わりじゃろうが……道路も崩落しとったらかなりかかるじゃろなぁ」

「下の川まで土砂が落ちとるようじゃねぇ……川を全部塞ぐようなことになっとらんかったらええけど……」

「この雨で川の水かさも増しとるし、川が塞がれたら、このあたりも水に浸いてしまうねぇ」

起こり得る事態に、待合室中がざわつく中、

『ここで、新たな映像が入ったようです。えーっと、間一髪でトンネルに入って土砂崩れを免れた車の、車載カメラの映像なんですが……出せますか？　無理？　出せる？　……あ、出ました

ね』

　報道するテレビのスタジオも混乱しているらしく、司会のアナウンサーがスタッフとやりとりを繰り返す中、テレビにあまり精細ではないが、映像が映し出された。

　後方を映し出している映像らしく、あとに続く一台の車が映し出されていた。

「あれ……この車…」

　見たことのある車に涼聖は眉根を寄せた。

　テレビ画面では車がトンネルに入ったその直後、光が入って来るはずのトンネルの入口がすべて塞がれた状態になった。

　走っている車にも某かの衝撃があったのか、運転手が「うわ、うわ、うわ!」とパニックに陥った声を出している音声が流れてきた。

『車がトンネルに入った直後、土砂崩れがあった様子が映し出されていますが……、これ、後方を走っていた車は……』

　アナウンサーも始めて見る映像に、声が恐怖に彩られていた。

　だが、涼聖は画面を凝視したまま固まった。

『もう一度、映像出ますか?　お願いします』

　アナウンサーの言葉で、再び同じ映像が映し出される。

　トンネルに入る前からで、後方をついてくる車がある。

「……この車、倉橋先輩のじゃないか…？」

見直し、確信した涼聖が漏らした呟きに、待合室が騒然とした。

「え……」

「倉橋先生？」

車載カメラ映像の端には時間が出ていた。

倉橋が出発した時間から計算しても、それが倉橋の車である可能性は高かった。

「これ、くらはしせんせいのくるまだ！」

陽は何か確証を得たらしく、そう断言するや、

「くらはしせんせい……！」

その場にくずおれるように座り込み、泣きじゃくり始めた。

つづく

乙女の夜会

CROSS NOVELS

1

一日の仕事を終え、自分の部屋に戻ってお気に入りの香を焚き、好きなお茶を淹れてゆっくりとした時を過ごす。

それは働く女性のリラックス法の一つだろう。

ある意味働く女性である月草も同じである。

お茶を飲み、ほっと一息ついてから、月草はお気に入りのアルバムを取りだす。そしてページを開き――、

「ああ……陽殿は誠に愛らしいなぁ……」

貼られている陽の写真を見つめて呟く。

月草の手のアルバムは『陽殿思い出帳・特別版第十八集』で、これまでに作ったアルバムがあまりの巻数になってしまい、気軽に手元に置くことができない数に至ったため、お気に入りを厳選して作ったものだ。

なお、元のアルバムは書庫に保存され、他の重要な巻物などと一緒に丁重に扱われている。

この神社に代替わりで来て以来、月草は仕事一筋と言ってもいい状態だった。

無論、ちゃんと休みはあったし、その時には女官たちと遊びに興じたり、招かれて宴に行くこ

ともあったし、楽しく充実はしていた。

何の不満もない——そう、不満に思うことは何一つなかった。それなのに、時折、ぽっかりと胸の中に何か満たされぬものがあるような気がする時があった。

だが、それは平和な証拠だと思い、やっていた。

ようやくいろいろなことに慣れ、そんなことを感じる余裕ができたのだと。

しかし、陽と出会った瞬間、満たされぬまま空いていたその場所が埋められた気がした。

それまで会ったこともなく、噂でしか聞くことのなかった稲荷未満の仔狐だ。だから、最初はただ、幼さと愛らしさが気になるだけだと思っていた。

それなのに、思い返すたびに、胸のあたりが何とも言えず、ほわりふわりとするような感情が湧きおこり、もう一度会いたいと思うようになり——浄吽のアドバイスを得て、文のやりとりから始めて、直接会うようになった。

丁度その頃、琥珀は日々増大する陽の力と自分の力が増幅して、人界の異変を引き起こしていることに悩んでおり、陽の力を預かる、という役目を月草が担うことにしたのだ。

琥珀は、忙しい月草を気遣い申し訳ながっていたが、月草にしてみれば合法的に陽に月に一度——三ヶ月に一度でもいいと言われたのだが、それでは月草が我慢できないので、基本的に月に一度、陽と会って力を預かっている。

もうとにかく、陽と接している時間は月草にとっては何よりの憩いの時であり、心から幸せだと思える時間なのだ。

その月に一度の逢瀬のたびに写真を撮り——前述のとおり大量になったので厳選集を作ったのだ。そんな厳選集ですら間もなく二十に届こうとしているのだが。

そして厳選集の脇には新たなシリーズもある。

月草が手元の十八集を閉じ、そちらのシリーズに手を伸ばそうとした時、

「月草様、文が届いております」

部屋の外から侍女の声が聞こえた。

「持って参れ」

月草が言うと、すっと襖が開き、侍女が入って来て、お盆の上に置いた文を恭しく差し出した。

「別宮の玉響殿からでございます」

「玉響殿からか……」

月草の声が色めく。

稲荷の総本宮の別宮の長である九尾の玉響とは、出会ってからまださほど経っていないが、すっかり親友と言っていい関係だ。

互いの多忙さや、立場の関係上、頻繁に会うことは難しいが、それを埋めるように文のやりとりは頻繁である。

侍女が退室してから、月草は文を開いた。

内容は、つい先日会った時の礼と、その際の思い出だった。

楽しかったり、印象深かったりした部分について文で触れられている部分が、月草も同じだったりして、嬉しくなる。

「やはり、玉響殿とは気が合う……」

ふふっと微笑みながら読み進める。

「『手前味噌でございますが、秋の波の新しい着ぐるみパジャマ姿をお送りします』か……」

その一文の後ろに仕掛けられている術にそっと触れると、文の上に、玉響の息子である秋の波の着ぐるみパジャマ姿の写真が浮き上がってくる。

それを軽く指ではじくと、文からはがれ落ちてきた。

「これは……ハシビロコウ…、ほほ……なんとも愛らしい」

しばらく写真を見つめてから、あとでまたアルバムに貼ろうと文机の上に置く。侍女が文を持ってくる前に月草が取ろうとしたアルバムは、秋の波をメインに集めたものだ。

玉響と会う際、玉響は秋の波を伴うことも多く、月草も陽を連れていくことが多いため、必然的に秋の波の写真も増える。

月草の最萌えは陽だが、秋の波も愛おしいし、橡の弟である淡雪も愛おしいと思う。さらには涼聖の先祖であるシロも甥である千歳もお気に入りだ。

とにかく自分が「愛おしい」と思ったものの写真はすべてきちんとアルバムにしている。

それはいつでも簡単に見返して、英気を養うためだ。

「また一つ宝物が増えたのう……」

呟いて、月草は再び視線を文に戻す。

続きには、最近「パジャマパーティー」という催しがあることを知ったと書かれていた。

パジャマのようにくつろいだものを纏(まと)い、無礼講で楽しむ会のようである。

それで、いろいろ調べていたところ、このようなものを見つけた、とまた文に仕掛けがあり、触れると参考画像が次々に浮き上がってきた。

「なんと……これは…」

参考画像に月草の胸が高鳴る。

そしてある想いが湧き起った。

――これはぜひ、開催せねば……！

と。

「ああ……やっぱり無理か…」

浄吽はため息をつき、手帳にバツマークを付ける。

ここ数日、浄吽は頭を悩ませていた。

それは月草からある依頼をされたからである。

『玉響殿と、パジャマパーティーなるものをしたいのじゃが、なんとかならぬであろうか？』

一応、なんとからないかという問い、もしくは相談ではあるが、実質「したいから、よろしくね」という、完全な依頼である。

月草にそのつもりはないかもしれないのだが、「浄吽に頼んでおけば、ある程度なんとかしてくれる」と信頼されている自負があるので、浄吽は使命感を抱いてしまうのだ。

実際、浄吽はスケジュールを組んだり、様々な手配をするのが得意というか性に合っている。

月草のスケジュール決定は、本来であれば狛犬（こまいぬ）である浄吽の仕事ではなく、月草の侍女たちの仕事なのだが、昔、浄吽が狛犬として一人前になって少しした頃、月草の侍女がほぼ総入れ替えと言っていいような状態になったことがある。

それはたまたまそうなってしまっただけにすぎないのだが、新米侍女たちでは多忙な月草のスケジューリングやそれに伴う様々な手配は難しく、月草の人となりというか神となりをよく知っていることもあって、浄吽が手伝うことになったのだ。

その手際が素晴らしく、結局今でも浄吽が担当しているのである。

だが、そんな浄吽をもってしても、今回は難航していた。

何しろ多忙を極める月草と玉響だ。

まず二人の休みを合わせるのが難しかった。

玉響の休みに関しては浄吽でどうこうできる事柄ではないため、別宮から休みの取れそうな日程を出してもらい、そこに月草のスケジュールをすり合わせるのだが、それがなかなか難しい。

いろいろ頑張って、近々で再来週、なんとか調整がついたのだが、次に待っているのは会場の手配だ。

会場といっても、二人が神界で会うとなると大騒ぎになるため、基本的に人界で落ち合うことになっている。

単なる買い物などならさほど頭を悩ませることもないが、今回は「パジャマパーティー」と指定されているため、宿泊になる。

玉響と月草に宿泊させてもよいホテルとなると、設備やランク、対応などからかなり限定されることになる。

そして、そのどれもが、今回の日程には合わないのだ。

——そりゃそうですよね、あんまりにも近々の予定すぎますからね……。

こういう場合、神界を通じて手を回してもらうと、たいていの場合、そこを予約している人間の予定が円満的に変更になったりして、何とかしてもらえることが多い。

だがそうすると、結局神界で会うのと大差ない大騒ぎになるのだ。

今だって、月草と玉響がたびたび会っているというのは噂になっていて、そろそろ公式に神界で、という打診が各方面から来ているのだ。もちろん、

「あの二人の公式面談を、うちがしきりました！」

というちょっとしたステイタスというか、自慢のためである。

どこがやったところで、嫉妬のようなものはないのだが、やはり「うちでやりとうございましたなぁ」というようなぼやきはどこからでも上がることになる。

それはあまりいいことではないので、どうせならこちらの神社か本宮で、というのが筋だ。

——だからって、本宮の客間をお借りしてパジャマパーティー……はダメですよね。

こちらの神社でも、各種宴を執り行ってきているし、本宮もそうだろう。

よって、対応はしてもらえると思うが、正直、内容がアウトで頼みづらい。

ではこちらの神社でと思うのだが、「二人の初の公式面談」の内容が実はパジャマパーティーでした、というのはマズい気がする。

黙っていれば分からないだろうとは思うが、万が一を考えると、危ない橋は渡りたくないというのが本音だ。

——仕方ない、三ヶ月先になる、と月草様にご報告しよう……。

淨吽は、重い足取りで月草の許に向かった。

月草は吉報を心待ちにしている様子で、笑顔で浄吽を迎え入れたのだが、浄吽の表情から口を開く前にある程度を察したらしい。

「浄吽、いつもそなたには無理を頼んですまぬなぁ」

まず最初に労ってきた。

「いえ、月草様が日々、憂いなく仕事に励まれるよう助力するのが我らの役目と思っておりますから」

浄吽が返すと、月草は「頼もしきこと」と言ってから、

「だが、そなたが憂い顔ということは、やはりあれは難しい話か」

本題に触れてきた。

「恐れ多いことながら……。お二方の日程調整を行いましたが、万全にとなると三月先に……」

「三月……」

浄吽の返事に、月草は驚いた様子で繰り返したあと、ため息を一つついた。

「それほどまでに先か……」

「はい。……力が及ばず、申し訳ございません」

謝る浄吽に月草は頭を横に振る。

「いや、先ほども言ったとおり、そなたにはいつも無理を頼んでおると思っておる。そなたが三月先でなければ難しいと言うのであればそのとおりなのであろうし……。準備が入念にできると

思えばよきことじゃ。では三月先で調整を頼めるか?」

「畏まりました」

浄蚌は恭しく頭を下げ、月草の許を出た。

月草は、元来我儘なほうではない。

陽に関したことでは、愛情ゆえにいろいろなメーターが振りきれてしまうことがあるが、基本的には物分かりがよく、自分を抑えることが多い。

だからこそ、月草の願いはできるだけ叶えることができるようにと動いてきたのだ。

そんな月草に、こういう場面で優しい言葉をかけられると、つらい。

つらいのは、実は、一つだけどうにかなりそうな手段を知っているからだ。

知っていてなぜその手を使わないのかといえば、先方の迷惑を考えてのことである。

多分、相談すれば、OKしてもらえるだろうとは思うのだが、先方の優しさにいつも甘えている気がして心苦しいのだ。

――かと言って、あの月草様の様子を見てしまうと……。

打てる手があるのに、手をつくさなかった、というのは、それは不信の行為ではないだろうかという罪悪感が湧いてくる。

――一応、聞くだけ聞いてみて……少しでも声音に難色が感じられたら退こう……。

浄蚌はそう決めると、自室に戻り、携帯電話を取りだした。

月草がたびたび人界に向かうようになってから、様々な予約をしたりするために必要があって買い求めたものなのだが、わりと便利に使えている。

浄吽は電話帳から目当ての人物の番号を出すと、電話をかけた。

連絡用アプリでも、メールでもいいのだが、やはり頼み事をする時は電話を、と思ってしまう性格なのだ。

しばらくの間呼び出している音楽が鳴り、ややあってから相手が出た。

『はいはーい、お待たせしてすみません。浄吽殿』

軽い口調で出たのは、伽羅（きゃら）だ。

「突然すみません伽羅殿。今、お時間よろしいですか?」

『いいですよー。あ、でもちょっと待ってくださいね、洗濯物を取り入れてるところなんで、あと二枚だけ入れちゃいますからー』

その言葉のあと、数秒間があって、

『お待たせしました。何ですかー?』

と、返事があった。

「すみません、お忙しくしていらっしゃるのに」

『いえいえ、ルーチンワークの家事ですから気にしないでください』

自身の領地の管理もあるのに、香坂（こうさか）家の留守を預かる者として主婦業を完璧にこなす伽羅は、いろんな意味で尊敬すべき存在だと思う。

自分で「できる七尾の稲荷なんで」とよく言っているが、できる方向性の多様さと完成度の高さは、並の七尾の稲荷ではないというか、稀有ではないだろうか。

『察するに、お困り事かと思うんですが、何か問題が起きましたか？』

伽羅から本題に触れてくれて、申し訳のない気持ちになりながら、浄吽は切り出した。

「実は、再来週なのですが……月草様と玉響殿の休みが重なりまして…、その、パジャマパーティーをやりたいと……」

『パジャマパーティー…ですか？』

やや困惑した声が聞こえた。これはダメだ、と、

「えっと、あの、こちらで会場を探していたのですが、再来週となると少し難しく……。とはいえ、いつも香坂殿のおうちをお借りするのも心苦しいですし、三ヶ月後でしたらこちらで会場を手配できますから、月草様にはお待ちいただけるよう伝えているので、その……念のためというか」

焦って言い募る浄吽に、

『ああ、別に涼聖殿はいつも通りいいって言うと思いますよー。ただ、会の内容が衝撃的でちょっと戸惑っちゃっただけで』

「いえ、その、本当にたびたびのことですから……、伽羅殿にもご迷惑をおかけすることになりますし」

香坂家の主は涼聖だ。

なのに、なぜ涼聖にではなく、真っ先に伽羅に連絡したのかといえば、香坂家で何か催し物がある場合、様々な準備をするのは伽羅だからである。

『大丈夫ですよー。お二方ともお料理にうるさい方じゃないっていうか、多分、パジャマパーティーって陽ちゃんたち参加ですよね？』

「はい、そうだと思います」

『だったら、陽ちゃんたちがいるだけで、お二方は八割がた満足だろうと思うんですよねー。あとはちょっとパーティーふうの盛りつけの食事にして……そうですね、あとは陽ちゃんたちが寝てからお二方で、まったりお酒でも飲みながらお話できれば満足してもらえると思います』

「伽羅殿……」

伽羅の優しい言葉に淨吽は胸が詰まった。

『涼聖殿には、俺から打診してみます。俺はＯＫですけど、家主の許可が下りないことには勝手なこと言えないんで、返事は改めますね』

「すみません、何から何まで……」

『気にしないでくださいよー。俺、勝手に淨吽殿にはシンパシー感じてるんですよねー。お互い、上からの無茶ぶりの対応に困らされることもありますし』

伽羅がそんなふうに感じてくれているなんて、淨吽は思ってもみなかった。

ただの狛犬でしかない自分と、高位の稲荷である伽羅とは、本来であれば気軽に話ができる関係ではないのだ。

それが、香坂家に月草のお供で何度も行くうち、親しく話すようにはなったものの、やはり伽羅とは立場が違うと感じていた。

そんな淨吽に対して、シンパシーを――伽羅は白狐（びゃっこ）や陽の、そして淨吽は月草の無茶ぶりに振りまわされることがある――感じてもらえていると知って、ありがたいとか、嬉しいとか、そういう言葉では言い表せられない感情が湧いてきた。

『まあ、お互いほどほどに頑張りましょうねー。じゃあ、またあとで連絡しますね』

「はい、すみません、ありがとうございます」

淨吽は礼を言い、通話を終える。

こうして、面倒見のいいデキる二人の間には種族（？）を超えた友情が芽生え始めたのだった。

2

その夜、診療所から涼聖たちが戻り、夕食の支度を整えたところで、伽羅は涼聖に浄吽から打診された件についてお伺いを立てた。

もちろん『パジャマパーティー』という部分は、もしかしたら誤解を招くかもしれないので、まず伏せて、

「お泊まり会をしてみたいらしいんですけど、お二人のスケジュールとホテルの空きが合わないらしいんですよ。二人の休みが合うのが、次は三ヶ月後になるっていうんで、もし涼聖殿さえよかったら、部屋を借りられないかって」

と聞いてみた。それに対し、

「別に、部屋は余ってるんだし、かまわねぇぞ」

涼聖は、やはりあっさりOKした。

「いいんですか？」

「ああ。例のごとく、俺は何もできねえから、全部、おまえ任せになっちまうけど」

「それは大丈夫です。浄吽殿もお手伝いしてくださると思いますし」

伽羅が言うと、

「ボクもおてつだいする！」

陽が名乗りを上げ、シロも「びりょくながら、われもおてつだいいたします」と言ってくれる。

「ありがとうございます。じゃあ、あとで浄吽殿に連絡しておきますねー」

伽羅の言葉に、琥珀はやや思案げな顔になり、

「涼聖殿にも、伽羅殿にも、たびたびすまぬな」

琥珀が謝った。

「え？　おまえが謝らなきゃならない話じゃないだろ？」

「そうですよ、琥珀殿が責任をお感じになることは……」

涼聖と伽羅は即座に言うが、琥珀は、

「いや、私と縁を持ったばかりに涼聖殿にはずいぶんとこちらのことに関わらせてしまっている。伽羅殿にも何かと世話になってばかりだしな」

本来であれば、人の望みを叶えたり、向かいたいと願う方向へと導いてやるのが役目のはずなのに、そうではなく涼聖に何かと世話になっているのが気にかかるらしい。

「気にするな。神様になんて、会いたいと思っても会えるもんじゃないのに、気軽に遊びに来ようと思ってもらえてるんなら、喜ばしいことじゃないか」

「そうですよー。アイドルにだってやっと『会いに行ける』レベルになっただけなのに、遊びに来てくれる神様、なんてあり得ないですよ？　俺はいろいろ楽しんでますから」

涼聖と伽羅は琥珀にそう返してくる。そして陽も、

「そうだよ、こはくさま。ちゃんとボクもシロちゃんもおてつだいするから、しんぱいしなくても、だいじょうぶだよ」

琥珀が気にしていることが何かははっきりとは分からないものの、安心してほしくて言い、シロもコクコクと頷く。

「そうだな。陽が手伝うのであれば安心だな」

琥珀もこれ以上はみっともなくなるだけだと、自分に言いきかせ、陽の頭を撫でる。

陽は琥珀に撫でられて嬉しげに笑うと、

「きゃらさん、そのときは、あきのはちゃんもくるんでしょう？」

伽羅を見上げて聞いた。

「詳しい話は聞いてませんけど、玉響殿がおいでになるんですから、秋の波殿もご一緒だと思いますよー」

「やった！　シロちゃん、あきのはちゃんとなにしてあそぶか、たのしみだね」

「はい。とてもたのしみです。こんどは、かくれんぼで、ぜったいにみつからぬようにしたいとおもいます」

喜ぶ陽とシロに、伽羅は「何をして遊ぶか、お布団の中で相談しましょうかー」と、すでに診療所で夕食もお風呂もすませてきたという陽を部屋へと誘導する。

「うん！　じゃあ、こはくさま、りょうせいさん、おやすみなさい」

「おやすみなさいませ」

陽とシロは礼儀正しく挨拶をして、伽羅と一緒に自分の部屋に入っていった。

そして、涼聖と琥珀は準備された夕食を食べ始める。

「本当におまえ、気にすんなよ。俺は今の生活を気に入ってるし、楽しんでる」

少ししてから、涼聖は琥珀に軽く視線を向けて言った。

「涼聖殿……」

「考えてもみろ。もし、おまえや陽と出会わなかったら、俺、この家で一人暮らしだぞ？　電気のついてない家に戻って来て、台所で夕飯作って……多分っていうか、かなりの高確率でレトルトかインスタント麺だったろうしな。それが電気のついてる家に戻れて、うまい飯も準備されてて、言うことないだろ？」

そう言って涼聖は笑う。

「電気をつけて待っているのも、食事を整えているのも、伽羅殿だがな」

「おまえがいなきゃ、あいつは飯作ったりしてくれねえよ。絶対『あ、俺、食べなくても平気なんで』で終了だぞ？」

伽羅の声音を真似して言った涼聖に、琥珀は笑う。

「診療所も、一人でってのは絶対無理だったし、集落のじいちゃんばあちゃんだって、陽がいて喜んでくれてるしな」

涼聖の言葉に、そうだな、と琥珀は返し、食事を進める。

──それでも、ここで過ごし、日々、満たされているのは私のほうだ。

もし、涼聖と出会わなければ、今も山の祠で陽と二人で過ごしていただろう。

陽の成長に目を細めつつも、目減りする妖力のことに憂い、一人前に育てられるかどうか悩んでいたはずだ。

「……何が起こるか、分からぬものだな」

呟いた琥珀に、

「ああ、そうだな。まさか、九尾の狐のへそ天状態の昼寝姿を見る日が来るなんて思わなかったからな」

涼聖は白狐が来ていた際、へそ天状態で陽と一緒に昼寝をしていた姿を思い出し、呟く。

ある意味レアすぎる光景だが、「神様って一体……」とちょっと思った涼聖である。

そして涼聖の言葉に、その時の白狐の様子を思い出した琥珀は顔をそむけ、片方の手で口元を押さえ、必死で笑いをこらえたのだった。

翌日、前夜のうちに伽羅から、香坂家使用許可の連絡を受けた淨吽は、朝から早速月草の許を訪れた。

「月草様、今少しお時間よろしいでしょうか？」

朝、神社での様々な神事が始まる前の月草は、支度がいろいろと忙しい。

それが分かっていないはずがないのに、わざわざ訪ねてきたということは相当な用件があるのだろうと察して、月草は許可をした。

「いかがしたのじゃ、淨吽。この時間に参るとは」

「お忙しいのに、申し訳ありません。ただ、一刻も早くお伝えしたいことがありまして」

「なんじゃ？」

「先日より依頼されておりました玉響殿との御会談の件です」

淨吽の言葉に月草は頷く。

「三月先になる、と昨日報告を受けたと記憶しておるが」

最初は落胆したが、楽しみが先になるだけと思いなおすことにしたのだが、まだそのショックから立ち直れたとは言い難い。

ついつい「三月も先か……」という想いに囚われてしまうのだ。

「はい。お二方の希望に添うべく開催できるホテルを当たっておりましたが空きがなく、そこで、開催場所を変更することでならば対応できぬかと考えまして、それであれば再来週、可能かと」

浄吽が言った言葉に、玉響は目を見開いた。

「なんじゃと！　再来週？」

「左様です」

「して、場所は？」

「涼聖殿のお宅をお借りできぬかとお伺いしましたところ、かまわないとお返事をいただけましたので……もしお二方がよろしければ……」

「かまわぬ！　わらわはまったくかまわぬ！」

浄吽の語尾に完全に被せて消す勢いで月草は返事をする。

月草の返事は予想できていたものの、やはり安堵しつつ、浄吽は続ける。

「では、月草様のほうに問題はないと、別宮のほうにはご連絡しておきます。玉響殿によいお返事をいただけましたら準備に入らせていただきますが、一般の御家庭をお借りしますので、以前、ホテルでなさいました『お泊まり女子会』のように、ルームサービス等には応じられませんが……かまいませんか？」

そう、月草と玉響は、以前、お泊まり女子会を開催している。

たまたまホテルのスイートルーム——月草が人界で外泊となれば基本、スイートルームを準備するので、玉響も一緒なら尚のことだ――が空いていたので開催に至り、月草は陽を、玉響は秋の波を連れていった。そこで月草と玉響は「今までずっと気になっていたが見られなかった」映画やドラマの数々を見たのだ。

陽と秋の波は子供が見ても大丈夫な作品であれば月草や玉響と一緒に見ていたが、恋愛ドラマや謎解き系などになると退屈なので、ホテル内のプール――夏だった――に阿雅多(あがた)が連れていき、遊んでいた。

「そのようなこと、まったくかまわぬ。むしろ、涼聖殿には何度も申し訳がないのう……」

月草もよく香坂家には泊まるが、それは一応「陽の力を預かるため」という大義名分がある。

だが、最近はそれ以上に香坂家は神様の非公式集合場所になることが多くなっていた。

多種の神々が神界で集まるとなると、いろいろと面倒なことが多いのだ。

それを避けるためには実体を纏って人界で、というのがセオリーではあるのだが、その中でも香坂家は、琥珀に伽羅という稲荷と素養を持つ陽、加えて座敷童子(ざしきわらし)のシロに龍神(りゅうじん)がいて、さらには隣の領地の烏天狗(からすてんぐ)の橡とその弟の淡雪までが訪ねてやって来るというワンダーランド状態で、それを平然と受け入れている涼聖がいるのだ。

つまり、いろんな意味で、都合がよかった。

そのため、いつの間にかレアな神様の会合が行われるようになっているのである。

もちろん涼聖は、「神様の世界のことはよく分からねえから、俺の実生活に不都合がでないなら、別にかまわねえよ」というスタンスでいるため、本当に何も気にしていない。

だからといって、好きに都合よく使っていいわけではないということも、神様サイドは弁えているのだが、どうしても頼りがちになってしまっていた。

「そうなのです。私も何かお礼をと思うのですが……涼聖殿はもちろん、いつも何かと気を回してくださる伽羅殿にも……」

人なり神様なりが集まるとなれば、接待をするのは伽羅であることが多い。

伽羅の接待能力はおそらく最初から高かったのだろうが、それ以外の料理を始めとした家事スキルが上がっているのは、頻繁な接待のためではないだろうかと思えて、少々申し訳のない気持ちになっている浄吽である。

「そうじゃなぁ。涼聖殿はあまり欲のないお方じゃから何がよいか迷うが……伽羅殿は何か最近欲しがっておいでのものはないか？」

「伽羅殿も、自分で様々ご準備される方ですので……でも伺っておきます」

浄吽の返事に月草は頷き、

「頼むぞ、浄吽」

そう言ったあと、

「ああ、今日は晴れやかな気分で仕事ができそうじゃ……！」

爽やかな笑顔で続けたのだった。

3

女子会開催地が香坂家で問題ないかという玉響への打診の返事だが、「繁忙期の返事は三日待ちがデフォ」と言われる社畜の宮……もとい、別宮にもかかわらず、二分後にあった。

浄吽は一瞬「あれ、今、あまり忙しくないのかな?」と思ったが、玉響からの返事の文にはただ一言「諾」とだけ書かれていて、忙しい最中、真っ先に返信してくれたのが分かった。

つまり、それほど楽しみにしているということである。

――涼聖殿と伽羅殿には申し訳なかったけれど、お伺いしてみてよかった……。

浄吽は小さな達成感を味わいつつ、伽羅と連絡を取り合い、当日の準備を始めた。

当初「陽と秋の波がいて、ちょっとパーティーふうな料理があればいいんでしょ」的な意見だった伽羅だが、何かと凝り性な血が騒いだらしく、

「パジャマパーティーって、わりといろんなコンセプトがあるみたいなんですよねー。何系とか、リクエストあります?」

だの、

「当日は夕方からみなさんお集まりってことなんで、料理はこんな感じでどうですか」

だのといったサンプル画像付きのメールがきたりした。

月草からの返答を伝え、何度かやりとりをして、浄吽は前日から伽羅を手伝うべく香坂家入りしていた。

そして迎えた「パジャマパーティー」当日、昼前。

「あきのはちゃん、かげともさん、いらっしゃいませ！」

まず、香坂家にやって来たのは秋の波と影燈だった。

月草と玉響がやって来るのは夕方、今日の仕事が終わってからなのだが、秋の波は我慢ができないので、『おれ、さきにいって、まっていい？』と打診し、玉響からも涼聖からもＯＫが出たので、先にやって来たのだ。

影燈は秋の波だけでは「場」をまだ使えないので、送って来たのである。

「はるちゃん、しろどの、ひさしぶり！」

秋の波はそう言ったあと、伽羅を見上げた。

「きゃらどの、また、はほさまたちがわがままいって、ごめんなー」

詳しい経緯を知っているわけではないが、開催場所が香坂家である時点で、何らかの無理を通したのを察していた秋の波は伽羅に謝る。

幼い姿の秋の波ではあるが、中味は大人だった頃と同じで、いろいろなことを察するだけの理性も知性も持ち合わせているのだ。

もっともそれらは、子供である体に引きずられ、しばしば吹っ飛びがちではあるが。

「秋の波ちゃんが、そんなこと気にしなくていいんですよー。今日は楽しんで行ってくださいね。影燈殿も」

伽羅は言いながら影燈を見る。

だが影燈は、

「いや、俺は秋の波を送って来ただけだから、もう戻らねば」

そう言った。

「え、かげともさん、かえっちゃうの？」

驚いた様子で陽が問うと、影燈は申し訳なさそうに頷いた。

「ええ、どうしても抜けられない仕事がありまして」

「そうなんだよなー。つまんないのー」

秋の波は少し頬を膨らませる。

「かげともさんも、おやすみできたらよかったのにね」

「ざんねんです」

陽とシロは言うが、

「また今度がありますよ。その時はぜひゆっくりして行ってください。琥珀殿も影燈殿とゆっくりお話しができるのを楽しみにされていると思いますので」

伽羅が三人を宥めるついでに、影燈が帰りやすい空気を演出する。

「あれ、そういえば、こはくは？　それにりょうせいどのも」

だが、伽羅が出した琥珀の名前で、秋の波は琥珀と涼聖の姿がないのに気づいて聞いた。

「二人とも今はまだ診療所ですよー」

「きょうはね、おひるまで、しんさつがあるの。おひるから、おうしんがあって、それがおわったら、ふたりともかえってくるって！」

伽羅と陽が説明するのに、秋の波は納得した様子で頷いた。

「では、お二人によろしくお伝えください。じゃあな、秋の波。あんまりはしゃぎすぎて迷惑をかけるなよ」

影燈は秋の波の頭を撫で、伽羅たちに会釈をして「場」から帰っていった。

「かえっちゃった……」

陽が呟くのに、伽羅は、

「お仕事ですから、仕方ありませんよ。琥珀殿もいつも『お仕事は大事だ』っておっしゃってるでしょう？」

そう言ったあと、すぐに、

「さて、三人とも、そろそろお昼ご飯にしませんか？　今日のお昼ご飯はお子様ランチを準備してますよー」

昼食へと話題を変える。

それに三人の意識は一気に昼食へと向かい、

「たべる！　あきのはちゃん、シロちゃん、どのくにのはたにするかえらぼ！」

「うん！　きょうはどこのくににしようかなー。やっぱにほんかなー。でも、ゆにおんじゃっくもいいんだよなー」

三人はチキンライスに立てる国旗選びに専念したのだった。

さて、今日の主役である月草と玉響だが、ものすごく仕事を張りきった。

『これが終わればパジャマパーティー』

という言葉を胸のうちで呪文のように繰り返して己を鼓舞し、結果、二時間ほど早くに仕事を終えて三時過ぎに相次いで香坂家にやってきた。

「これが終われば、と思うて励んでおりましたら、いつもよりも集中できたのか、思いのほか仕事が早く終わりまして」

「まあ、月草殿も！　わらわも同じでございまする」

香坂家の居間にまず落ち着いた二人は、いつもの調子できゃっきゃと騒ぎはじめる。

そしてやや落ち着いたところで、本日の二人の拠点となる客間へと案内された。

客間は、初めて月草と玉響がここで会った時にも使った和室なのだが、

「では、開けますよー」

伽羅がそう言って障子戸を開けると、そこはすっかりいつもと様子が違っていた。

「ほぉ……」

「これは……」

部屋の三方の壁はすべて白い布で覆った上から、さらに絽や紗のすけるピンクを基調とした布で、たっぷりとしたドレープを取りながら飾り、随所にキラキラと光る大ぶりのプラスチックビーズを組みあわせて作った下げ飾りをとりつけてある。畳の上は全面をピンクと白を基調としたダマスクふうの布で覆い、存在感のある座卓にはレースのテーブルカバーをかけた。

それ以外にもレースとフリルがたっぷりのクッションをところどころ配し、すっかり部屋は洋室ふうになっていた。

「わぁ……いつものおへやとぜんぜんちがうね」

「ほんとうです……」

見慣れた和室とまったく違っているのに、陽とシロは驚いて部屋の中を見まわす。

部屋の準備をしていたのは知っていたが「ナイショです」と言われて、部屋の中は見せてもら

えなかったのだ。

「伽羅殿がこの設えを？」

月草が伽羅を見て問う。

確か、「何系の会か、とかってコンセプトはありますか？」と問われて「洋風の姫系で」と返事をしたのを覚えているが、まさかここまで準備をしてもらえているとは思わなかったのだ。

「俺一人じゃ無理です。浄叶殿にも手伝ってもらいましたよー。あと、布類は本宮と月草殿の神社の倉庫にあったものをお借りして来てます。照明だけはなんともならなかったので、量販店で調達しましたけど」

ザ・和室という雰囲気だった照明も、布で覆う、とか、飾り物でごまかす、というようなことでなんとかならないかと思ったのだが、覆えば暗くなるし、ごまかすと妙に目につくしで、それだけは購入してつけ替えたが、それも含めて今回かかった費用はすべて後日月草の神社と別宮に請求、ということで合意している。

ホテルを取ることを考えたら、かかった費用は微々たるものなのだ。

「パジャマにはまだ早い時刻ですから、しばらくはこちらのお菓子でも召しあがりながらごゆっくりお過ごしください」

「お荷物はこちらに置きますねー。お茶もすぐにお持ちしますから」

そう言って、浄叶と伽羅は一旦部屋をあとにする。

「ほんに……よい設えでございますなぁ……」

腰を下ろした玉響が、しみじみと呟く。

「元の部屋を知っておりますだけに…ここまで様変わりするとは。時折気分を変えるのに、わらわの部屋もこのようにしてみるのもよいやもしれませぬなぁ」

月草が返した言葉に、玉響も微笑み「それはよい考えでございますなぁ」と返すのを聞いて、

——あ、ははさま、ぜったいやるきだ……。

秋の波は直感していた。

少ししてから、伽羅が人数分の紅茶を淹れてきたが、陽と秋の波にはいつものカップで、シロは専用のものだったが、月草と玉響の茶器は香坂家のものではなかった。

「きゃらさん、そのカップ……」

見たことがある気がして陽が思いだそうとすると、

「あ、やっぱり陽ちゃんは気づきましたかー。手嶋のおばあちゃんのおうちに行って借りてきたんですよー」

伽羅が種明かしをする。

「そうだ！　てしまのおばあちゃんちにあったやつだ」

集落の手嶋はお菓子作りが趣味だが、それに合わせていろいろな茶器を持っている。今は新しく買うことはないそうだが、若い頃はよく夫婦分をあれこれと買い求めたらしい。

今も手嶋の家でお茶会が開かれると、集落のおばあちゃんたちはならべられた茶器の中から好きなカップを借りて、お茶とお菓子を楽しんでいるのだ。

伽羅も何度かお茶会に参加して――手嶋に洋菓子を作る手ほどきを受けているので、そのままお茶会になることが多い――いたので、そのことは知っていた。

そこで、手嶋の家に行き、借りることはできないかと聞いたところ、好きなのをどうぞ、と快く貸してくれ、伽羅はピンクの薔薇(ばら)の花が描かれたものを借りてきたのだ。

「美しいカップじゃなぁ……」

「やはり、こういった美しい作りのものでいただくと、気分が違いまするな」

月草と玉響は上機嫌である。

それに安堵して、伽羅は「じゃあ、夕食の頃にお声がけしますね」と言って部屋を出た。

月草と玉響はゆっくりとお茶を飲みながら、陽と秋の波、シロは準備されたお菓子を物色しながらしばらく部屋であれこれ話しをしていたが、

「それにしても、ははさまも、つきくさどのも、いっぱくなのに、にもついっぱいだなぁ。なにもってきたの？」

秋の波が部屋に運ばれている二人の荷物を見て、少々あきれた様子で問う。

大きなトランクが、それぞれ一つ。それと別に小ぶりのトランクが一つずつに、ボストンが一つだ。

「女子の旅支度はいろいろと手間がかかるものなのじゃ、秋の波」

玉響が笑って言い、月草も、

「それに今宵は特別な夜ゆえ、少々欲張ってしまいました」

微笑みながら言う。

「わらわも同じでございまするよ。もう、楽しみで楽しみで」

二人ともにこにこしている。

「ははさま、ちょっとだけあけてもいい？」

秋の波は一体何を詰め込んできたのかが謎で、玉響の荷物を見てみたくなり、聞いた。

「ほほ、こらえしょうのない。小さいほうのトランクなら、開けてもかまいませぬよ」

玉響のその返事に秋の波は小さいほうのトランクを開けてみた。

「なーんだ、おれのきぐるみぱじゃまかー」

入っていたのは秋の波の着ぐるみパジャマがいろいろだ。

「どれも可愛かったゆえなぁ。あとでいろいろ着替えて見せておくれ」

まあ、着せ替え人形にはされるだろうなとある程度覚悟をしていた秋の波は「はーい」と返事をして、もう少しトランクを探ってみた。

そして、下のほうに入っていたものを見てハッとした顔になり、とりあえず、トランクの蓋を閉める。

――あれ、やばいよな？

見つけてしまったものを思い返しながら、胸のうちで呟く。

陽とシロは相変わらずお菓子に夢中で、あれこれ物色していたのだが、秋の波が完全に動きを止めているのに気づいた。

「あきのはちゃん、どうかしたの？」

「なにかございましたか？」

聞いてくるその言葉に、女子トークに夢中になっていた玉響と月草も秋の波に視線を向ける。

「秋の波？　いかがしたのじゃ？」

玉響が聞いてくるのに、秋の波は、

「どうもしなーい。かわやにいくの、もうちょっとがまんしようか、どうしようかっておもってただけ」

と、とぼけて返事をする。

「そのようなこと、我慢をするものではありませぬ」

「お体に悪いですから、行っていらっしゃいませ」

玉響と月草は微笑みながら声をかけ、それに秋の波は「じゃあ、いってくるー」と、部屋を出た。

そしてトタトタと急いで伽羅のいる居間へと向かった。

居間では伽羅と浄吽、そして月草とともにやってきた阿雅多がまったりと大福を食べながらお茶を飲んでいた。

「おや、秋の波ちゃん、どうしましたかー？」

伽羅が問うと、秋の波はまっすぐに伽羅の許に向かい、

「きゃらどの、けいたいでんわ、かしてもらえない？」

「いいですけど、どうしたんですか？」

伽羅は秋の波にすんなりと電話を渡した。

「こはくは、けいたいでんわもってないよな？　りょうせいどのにかけたら、こはくとれんらくとれる？」

「一緒にいらっしゃれば、多分。琥珀殿にご連絡でしたら、心話で伝言飛ばしましょうか？」

「ううん！　それは、こんせきのこるかもだから、いい。とりあえずりょうせいどのにかけてみる。ごめん、ちょっとかりるね」

秋の波は言うと、伽羅の携帯電話を持ってトイレへと向かった。そして洋式便座の蓋の上に腰を下ろすと、電話帳から涼聖を呼び出し、かけた。

しばらくしてから通話が繋がり、

『伽羅か？　どうした？　買い忘れでもあるのか』

涼聖が出た。

「りょうせいどの、ごめん、きゃらどののじゃないんだ。おれ、あきのは」

『え？　秋の波ちゃん？　どうかしたのか？』

「えっと、ちょっとこはくとれんらくとりたいんだけど、いまいっしょにいる？」

『ああ、今、診療所に戻って来たところだから。ちょっと待っててくれ』

涼聖はそう言うと、『琥珀、秋の波ちゃんから電話だ』と言って電話を渡したらしいのが聞こえた。そしてすぐに、

『秋の波殿、どうなさったのですか？』

少し心配そうに、琥珀が聞いてきた。

「ううん、おれはどうもしないんだけど……。こはくとりょうせいどのは、もうかえってくるのか？」

『いや、このあと、集落の寄り合いがあるゆえ、今少しかかるかと。もしかすると六時過ぎになるやもしれませぬが』

「あのさ、かえってくるの、もっとおそくてだいじょうぶだから！　ていうか、そのままどっかそとでとまったほうがいいかも」

『え？』

困惑した琥珀の声が聞こえた時、

「秋の波、どうしたのです？　もしや、おなかの具合が悪いのですか？」

なかなか戻って来ない秋の波を心配したのか玉響がトイレの前まで来たらしく声が聞こえた。

「ううん、ははさま、だいじょうぶ！　すぐにもどるから、おへやでまってて」

玉響に返事をしたあと、秋の波は小声で、

「とにかく、かえってくるにしてもおそくのほうがいいから！　じゃあな！」

秋の波はそう言うと電話を切り、トイレの水を流す。

――とりあえず、おれにできることはやった……。

秋の波は胸のうちで呟きながら、携帯電話を服の中に隠してトイレを出た。

「秋の波、本当に大丈夫なのですか？」

外で待っていた玉響が心配そうに問う。

「うん、だいじょうぶ。おおきいほうもしたくなっちゃったから、じかんかかっただけ。ははさま、さきにへやにもどってて。さっき、きゃらどのたちがだいふくたべてたから、おれ、それおねだりしてからいく」

「秋の波は甘いものが好きじゃなぁ。では、先に戻っておりますよ」

玉響はそう言うと、先に廊下に出て行き、秋の波は居間にいる伽羅に携帯電話を返すついでに、大福餅を一つもらって、客間へと戻りながら、

――かげともがいっしょにこられなくて、つまんないっておもったけど、むしろよかったかもなぁ……。

そんなことを思った。

「秋の波ちゃん、何の用事だったんだ？」

不思議そうな顔をしながら携帯電話を返してきた琥珀に涼聖が問う。

だが、琥珀は首を傾げた。

「それが、よく分からぬのだ。帰って来るのは遅くでよい、と。帰って来なくてもよいというようなことも言っておいでだったが、理由を聞く前に切れてしまって」

「妙な電話だな」

「もしや何かが起きて、私たちだけでも逃がそうと思って……？」

「それはないだろう。伽羅と龍神でも対応できないような何かが起きてたら、おまえが気づかないはずないだろ？」

つい悲観的になる琥珀に涼聖は言う。

「それはそうだが……」

「心配なら、念のために伽羅に電話してみようぜ」

涼聖は携帯電話を操作して伽羅の電話にかける。すぐに伽羅が出た。

『はーい、なんですかー』

「さっき、秋の波ちゃんが電話してきたけど、なんか変わったことでもあったか？」

『いえ？　琥珀殿に連絡したいって言われたんで、携帯電話を貸しただけです。秋の波ちゃん、何か気になるようなこと、言ってたんですか？』

「いや、俺たちに帰ってくるのゆっくりでいいって言ってたらしいんだけど、奇妙なことを言ってくると思って」

『それ、二人でラブラブデートでもしてくればって意味なんじゃないですかー？　客が来てるからって気にしなくていい、って気を回してくれたんですよ、きっと』

「そういう考え方もあるか」

『むかつくんで切りますからねー』

伽羅はそう言うと容赦なく電話を切ってきた。

それに涼聖は苦笑して携帯電話をしまう。

「変わったことはなさそうだったぞ。急いで帰ろうと思わなくていいって言いたかったんじゃないかって」

「ならばよいが……」

多少腑に落ちない部分はあるが、確かに異変は感じないし、心配するようなことではないだろう、と思うことにした。

集落での寄り合いを終え、秋の波から「ゆっくりかえってこい」と言われたこともあって、三十分ほど琥珀と涼聖は診療所の奥の部屋で二人でゆっくりとお茶を飲んだ。

とはいえ、客が来ているのにそう遅く帰るわけにもいかないので、家へと戻ることにした。

そして、家についたのは六時半過ぎだった。

「りょうせいさん、こはくさま、おかえりなさい！」

「おかえりなさいませ」

玄関まで迎えに出てくれたのは、リスの着ぐるみパジャマを着た陽と、その陽の肩にちょこんと座った、シロだったのだが、同じくシロも鹿の着ぐるみパジャマを着ていた。

「ただいま。シロ、どうしたんだ、その着ぐるみ」

「つきくさどののところの、さいほうのじょうずなじじょのかたが、われのおおきさでつくってくださったそうです」

「ほかにも、ちょうちょさんと、あとね、ボクやあきのはちゃんとおそろいのクマさんのきぐるみもつくってくれたんだよ」

「じゅんばんにきがえて、しゃしんをとるのです」

シロの体に合う服は、当然市販されていない。

シロはあまり気にしていないのだが、陽にいろいろと差し入れをする月草は、シロの服のことに気を回し、裁縫の得意な侍女にシロの着物を仕立てさせて、折に触れて持って来てくれているのだ。

これまでは着物ばかりだったのだが、とうとう着ぐるみパジャマにまで及んだらしい。

嬉しそうなシロと、陽から遅れること十数秒、

「……こはく、りょうせいどの、おかえり……」

やや申し訳なさそうな表情で秋の波が迎えに出てきた。

その秋の波も当然着ぐるみパジャマを纏っていて、クルンと巻いた角を持った羊のようだ。

「ただいま、秋の波ちゃん」

「秋の波殿、ただいま戻りました……。浮かぬ顔をしておいでですが、なにか？」

いつもの秋の波なら、陽たちと一緒に玄関に駆けてきて「おかえり！」と言ってくるところなのに、遅れて来た上に表情も暗い。

「ううん、なんでもない。もっとおそくなるとおもってたから……」

秋の波の表情からは「もっとおそくてよかったのに！」という感情が読みとれた。

「秋の波殿がせっかく来てくださっておりますので」

琥珀はとりあえずそう言うにとどめたが、もう一つの異変に気づいて口にしたのは涼聖だった。

「伽羅は？　飯の支度してんのか？」

そう聞いた涼聖の手を、陽はぎゅっと摑むと、

「えっとね、きゃらさんたちもすごくかわいいの！　つきくささまとたまゆらさまも、すっごくすっごくかわいくてきれいなんだよ！」

はやく来て、と引っ張って来る。

月草と玉響が可愛くて綺麗、というのはまあ分かるが、伽羅たちが可愛い、というのはいまいちよく分からない。それでも、

「ちょっと待ってくれ、靴を脱ぐから」

とりあえず、某かの事態が起きているということだけは理解して、涼聖は陽に手を引かれ居間へと向かった。

意気揚々と居間に涼聖を連れてきた陽とシロは、

「りょうせいさんと、こはくさまがかえってきたよー！」

高らかに宣言する。その声に、

「「「おかえりなさい……」」」

飾り付けられた居間の中、返事をしてきたのは、死んだ魚のような目をした三羽のうさぎ――正確に言えば、死んだ魚のような目をしてうさぎの着ぐるみパジャマを着た、伽羅、阿雅多、淨吽の三人だった。

「……お、おう…、ただいま」

戸惑いつつ返す涼聖に、

「ようやくお戻りになられましたか……」

「お疲れさまでございましたなぁ」

労ってきたのは、笑顔の月草と玉響だったが、二人ともいつもと違っていた。

「つきくささまと、たまゆらさま、すごくかわいくてきれいでしょう？　ほんもののおひめさまみたいだよね！」

「えほんのなかのひめぎみが、でていらっしゃったかのようです」

陽とシロが褒め称える。

二人が褒め称える二人は、それぞれ白雪姫ふうのドレスと、眠り姫ふうのドレスを身に纏っていた。

正確に言うとドレスというよりも、もっとラフというか、ふわふわの軽く柔らかそうな素材でできた豪華なネグリジェといった感じなのだが、二人とも頭にちょこんと小さなティアラをつけているので、まさしく「姫」だ。

上機嫌な二人の姫と、死んだ魚のような目をした三羽のデカいうさぎ、にこにこ顔の陽とシロ、申し訳のなさそうな秋の波。

目の前のカオスな光景に、涼聖と琥珀は、停止しようとする思考回路をなんとか動かして状況把握をしようと努力したのだった。

さて、カオス一時間前のことである。

「そろそろ日も落ちて参りましたし、着替えましょうか」

月草のその言葉で、お着替えタイムが始まった。

まず、着替えたのは陽とシロ、そして秋の波だ。これまでシロは見る側でしかなかったのだが、今回、三着も自分のために着ぐるみパジャマを月草が準備してくれたと知り、いたく感動した。

三人が着替えると月草と玉響による撮影会がひとおりあり、そのあと、月草と玉響の着替えになったのだが、二人が取り出したのが「白雪姫ふうネグリジェ」と「眠り姫ふうネグリジェ」だった。

「月草殿は白雪姫になさったのですね」

「迷いましたが、わらわの髪の色であれば、最初はこれがよいかと。玉響殿は眠り姫になさいましたか……！」

「ラプンツェルと迷うたのですが……やはりこちらに。他にもいろいろとありましたので迷いましたが」

「そうなのです……！　玉響殿に教えていただいてから、わらわもいろいろと見てみたのですが……見れば見るほどどれも素敵に見えますするゆえなぁ」

二人とも、持参したネグリジェドレスを前にキャッキャする。今回のパジャマパーティーのきっかけになったのは、玉響が見つけてきたパジャマパーティー用衣装販売サイトだった。

玉響は「このような衣装を一度着てみたいと思うてしまうのですが、わらわの年齢でと思うと」と文に書いていたが、月草は「着てみたいと思った時に着なくては！　この先の神生で今が一番若いのですし、この姿で外を出歩くわけでもございませんでしょう？　二人の夜会と思えば」と返し、二人ともそこからキュンキュンして様々なサイトを渡り歩いた。

とはいえ、販売されているものではいささかゴージャスすぎる月草と玉響の体には合わない上、多少のチープさと露出の高さが否めなかったため、二人が選んだ衣装を元に、それぞれの侍女が一から作り上げたのが今回のネグリジェである。

キュンキュンしまくる二人のお着替えタイムの間、陽とシロ、そして秋の波は居間に来て、伽羅たちによる撮影会に参加していたのだが、秋の波は写真を撮られながら、ずっとあれが見間違いでありますように、と祈っていた。

だが、その祈りは届かなかった。

姫ネグリジェに着替えて居間に月草と玉響が現れ、陽とシロ、伽羅、そして阿雅多と浄吽が二人を褒めそやした——実際、とても似合っていた——あと、月草と玉響が、それを出したからだ。

「そなたたちも着替えぬか？」

そこにあったのは、五着の成人男子用着ぐるみパジャマだった。

しかも、うさぎが三着、大きなリボンのついた三毛猫が一着、そして豹が一着。

「皆お揃いがよかったのじゃが……在庫がのうてなぁ」

「急に思いついたゆえ、侍女に頼んでみたが間にあわぬと言われて」

そんなことを残念そうに言う二人に、三人は思った。

どうしてすべてを在庫切れにしておいてくれなかったのかと。

固まる三人には気づかず、残念がる二人の矛先は、金魚鉢の中、そろそろ夕食時かと眠りから目覚め、居間の状況を少し前から把握していた龍神にも向けられた。

「龍神殿、そろそろお夕食でございますぞ。お目覚めになられて、出ていらっしゃいませぬか」

「衣装を準備しておりますゆえ、今宵はともに興じましょうぞ」

何の悪気もない口調で声をかけてくる。

この時、龍神は思った。

伽羅の料理はものすごく気になる。

だが、ここで欲望に負けてしまえば、失うものが大きすぎる、と。

「月草殿に玉響殿、異国の服もよくお似合いになるな」

龍神殿は二人を褒めたあと、

「せっかくの誘いだが、我は少し体調がすぐれず、姿を保つのが難しそうなのでな。今宵はこの中で大人しくしていようと思う」

金魚鉢の中にいることを決意した。

「それは残念じゃなぁ」

「龍神殿はまだ回復途中であられる身でございますゆえ、仕方ありませぬな」

月草と玉響はそう言い、納得してしまう。

――明らかに仮病ですー！

伽羅、阿雅多、浄吽は胸のうちで糾弾するが、そんな三人に、

「さあ、三人とも、好きな衣装を」

月草と玉響は決断を迫る。それに伽羅はごくりと唾を飲み込むと、

「ど…どれにしようか迷いますねー。これ、全部お借りして、向こうの客間で選んできますね」

と言うと五着すべてを手に、阿雅多、浄吽を連れもう一つの客間へと向かった。

客間に入るなり、伽羅は二人に向かって躊躇（ちゅうちょ）なく土下座した。

「お願いします！　せめて豹は琥珀殿に残してください！」

どれを着ても成人男子としては罰ゲームだ。

琥珀にそのような恥ずかしめを受けさせたくはないが、断ることは不可能だろう。ならば、一番無難な豹を琥珀に残しておくことが、伽羅にできる精一杯だった。

七尾の稲荷に土下座をされれば断ることなどできず、結果、三人はお揃いのうさぎを選んだ。

そして死んだ目のうさぎトリオが結成されたのである。

「猫と豹が残っておるのじゃ」

「二人で相談して好きなほうを」

笑顔で月草と玉響は言う。

ここでやっと涼聖と琥珀は、秋の波の忠告の理由を察した。そしてその忠告を生かすことができなかったことを悔やんだ。

――秋の波殿、すまぬ……。

琥珀が視線で秋の波に詫(わ)びている頃、伽羅は涼聖をじっと見て、念を送っていた。

――涼聖殿、俺がうさぎを選んだ理由、分かってますよね？　ご自分が選ぶべきはどっちか、分かりますよね？

いろいろ察した涼聖は着ぐるみ二つを見たあと、

「琥珀、おまえ、こっち着ろ」

男気を出し、琥珀に豹を渡した。

「いや、涼聖殿……それは」

いくらなんでも涼聖に大きなリボンのついた三毛猫の着ぐるみを着せるのは琥珀とて心苦しかった。しかし、涼聖は、

「祭りは派手に遊んでナンボだ。じゃあ、俺、着替えてきますね」

猫の着ぐるみパジャマを持って、自室へと向かい、その後ろ姿に伽羅と阿雅多、浄吽は「漢だ……」と胸の中で呟いたのだった。


「今宵は楽しゅうございましたなぁ……」

「ええ、ほんに……」

夜、間もなく日付が変わろうという頃、月草と玉響は客間で準備されていたワインを飲みながら、しみじみと語りあう。

居間での着ぐるみ夕食会はとても盛り上がった。

死んだ目をしたうさぎたちは、涼聖の「祭りは派手に遊んでナンボだ」という言葉に開眼し、そのあとは振りきれた様子で食事と会話を楽しみ、涼聖も大して自分の姿を気にしていない様子

だった。

琥珀はやはり気恥ずかしそうだったが、次第に慣れたらしく、普段通りだった。

「このような楽しみがあればこそ、仕事にも励めるというもの……」

「また次が楽しみでございますな」

二人はそう言ってにっこりと笑い、手にしたグラスをかちりと小さく音を立てて合わせる。

どうやら二人の間では次回開催はすでに決定事項らしく「次はどの姫になさいます?」と相談し合う。

そして、伽羅と淨吽は、

「次回は、全力でホテル開催ですね」

「もちろんです」

と、意見を一致させていたのだった。

おわり

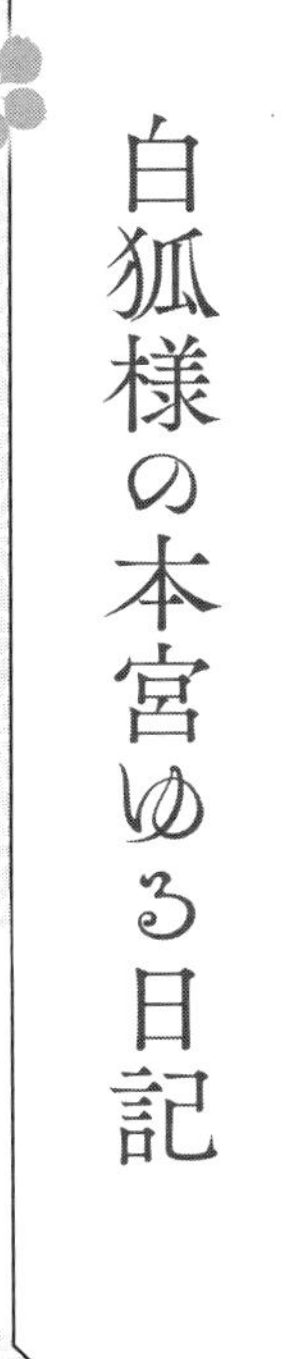

白狐様の本宮ゆる日記

CROSS NOVELS

うららかな午後。

本宮の奥にある白狐の私室では、白狐が座布団の上で豪快に昼寝をしていた。

何が豪快かといえば、その寝姿である。

見事なまでの「へそ天」なのだ。

「白狐様、おいでになりますか」

そんな白狐の部屋を訪う者がいた。

側近の一人、紅雲である。紅雲は中にいる白狐の声が聞こえないことに、察しをつけ、すっと襖戸を開き、そして予想通りの光景にため息をついた。

――まったく……。

白狐の側近は十名前後で成り立っている、その側近たちが一番脱力するのが、この白狐の昼寝姿だ。

紅雲はそっと中に入り、襖戸を閉めると、白狐のそば近くに歩み寄って膝をつき、

「白狐様、お目覚めください。白狐様」

白狐の体を容赦なく揺すって目覚めを促す。

突然の激しい揺れに、白狐はハッと目を開き、飛び起きた。

そして、ここが自室であり、目の前にいるのが紅雲だと分かると、座布団に座り直し、あくびをした。

「紅雲でおじゃるか……、驚かすものではないでおじゃる」

「お仕事中に爆睡しておいて、驚かすなと申されましても困惑しか致しませんが」

しれっと返してくる紅雲に、

「細枝（ささらえ）のように、もう少し優しく起こしてほしいでおじゃる」

白狐はボヤく。

「おや、細枝はどのような起こし方を？」

紅雲に問われ思い返すが、起こし方そのものは突然大声、というさほど優しくはない対応だったことを思い出す。

「多少大きめの声で起こしてくるが……濡（ぬ）れタオルで顔を拭いてくれるでおじゃる」

ぼやかし答えると、

「濡れタオルを顔に載せて殺そうとしてくる、と。我が弟子ながらこれはなかなか。見習いましょうか？」

紅雲が分かっていて物騒なボケ方をしてくる。

正直、うちの側近、どうかしてる、と思わずにいられない白狐なのだが、恭しい態度をとられすぎるのも落ち着かない。

それに、本宮を治めるという立場にいる自分に対し、気軽に声をかけることができなくなるというのは、閉塞感を生み、それは本宮全体によい結果をもたらしはしないと思っているので、白狐にしても今の状態が気に入っているのだ。

多少、起こし方が乱暴なのはつらいが。

「いや、見習わずともよい。我はまだ命が惜しいでおじゃる。して、何用でおじゃる？」

「朝、お渡ししたお仕事ですが、もう終わった頃かと思い、伺いました」

「そこの文机に置いてあるでおじゃる。何件か、不明点があるゆえ担当者を呼んでほしいでおじゃる。左に分けておいてある分じゃ」

「畏まりました、今すぐ呼んで参ります」

紅雲は文机の上の書類を手にすると、一旦白狐の部屋を後にし、少ししてから不明点があった書類の担当稲荷(いなり)を呼んで戻ってきた。

不明である点の仔細を問い、納得ができた分には印をつき、そうでなかった分は差し戻す。

こうして仕事を終えた白狐は時計を見て、

「まだしばし時間があるでおじゃるな……もう少し眠るでおじゃる」

次の仕事までの間、また眠ろううする。

「白狐様、それはなりません。夜、眠れなくなりますよ」

紅雲はそう言うと、白狐の顎を摑んで寝姿勢に入るのを阻止する。弟子の細枝と同じやり方だが、細枝よりもやはり摑み方が安定しているなと、白狐は妙な安心をする。

「昨夜、あまり眠れておらぬのじゃ……」

「それは、夜更かしされたからでしょう。昨夜は白狐様を煩わせることは何もない、よき夜でございましたから」

「黒曜と将棋をしておったのじゃ。なかなか終わらずな」

「朝の神事があると分かっていて夜更かしなさった白狐様の責任です。とにかく、今はこれ以上お休みになるのはお勧めできません。眠気覚ましに散歩に出られてはいかがですか？　今日は日和もよいですし」

「それもそうじゃなぁ……では、ちと出て参るでおじゃる」

確かに中途半端に寝ても、しゃっきりとはしないだろう。

紅雲の提案を受け入れ、白狐は散歩に出かけた。

白狐は、言動が一見、ゆるゆるとしているのであまり忙しくないと思われがちだが、実は多忙である。

朝は毎日夜明け前に目覚め、夜明けとともに神事を行う。

神事のあと、少し休み、朝食を取ったあとは各部署から持ち込まれる案件の精査や、審議に呼ばれ、その合間に別の神属の使者たちと会う。

それで大体午前中が終わり、午後は午後で神事があり、午前中と同じように業務がテンコ盛りなのである。

今日は使者がなかったので、少し昼寝する時間が取れたが、忙しい日は食事をする間もない。

もっとも、食事の必要がないのだが、白狐は「できれば食べたい派」なのだ。

白狐は足の赴くまま、本殿の庭を散策する。庭の周囲には小さな川が流れており、その川にはところどころ橋がかかっている。橋には番をする衛兵の稲荷がいて、出て行く者を管理している。

「白狐様、散策でございますか」

敬礼して衛兵が聞いてくる。

「よい日和ゆえなぁ」

白狐は言うと橋を渡って川を越える。

本宮は二つの場所に分かれている。分かれているというか、本宮の中に白狐たちや昇殿稲荷たちがいる本殿があり、その外は本殿に上がる前の幼い稲荷候補の仔狐（こぎつね）たちがいる通称「仔狐の館」や、様々な蔵、広大な庭があるのだ。

橋を渡ればそこは本殿の外だ。白狐の足は自然、仔狐の館へと向かった。

「あ、びゃっこさまだ！」

「びゃっこさま、こんにちは！」

「こんにちはー」

白狐が仔狐の館の前に姿を見せると、外遊びの時間だった仔狐たちは礼儀正しく、元気に挨拶をしてくる。

「おお、皆息災そうじゃな」

「はい！　まそほさまをおよびしますか？」

仔狐たちがわらわらと近づいて来て、白狐を囲む。

「いやいや、少し時間ができたゆえ、そなたたちの様子を見に来ただけでおじゃる。今は何をしておったのじゃ？」

「いまは、みんなで『かかしけんぱ』をしてました！」

元気に報告してくる。

「ほう、『かかしけんぱ』でおじゃるか」

「びゃっこさま、しってるの……えっと、しってるでございますか」

白狐に対しては丁寧に話さなくてはいけない、と理解している仔狐たちだが、ちゃんとした敬語を知っているわけではないので、知っている言葉の中で丁寧なものを探して話しかけてくる。

その様子も微笑ましく、白狐は癒やされる気持ちになる。

「知っているでおじゃる。陽と遊んだことがあるゆえなぁ」

白狐が出した名前に、仔狐たちから小さく声が上がる。

「びゃっこさま、はるちゃんとあそんだのですか！」

「うむ、休暇で陽の住まっておるところを訪ねたおりにな」

陽が以前本宮に来た時、仔狐の館に滞在していた。

その間にすっかり仲良くなったのだが、仔狐たちが香坂家を訪ねることは難しいし、陽がこちらへ遊びに来ることも今のところあれ以来ない。

幸い、秋の波(あきのは)が頻繁に——と言うほどではないが、玉響(たまゆら)に連れられて人界に行くことが多いので、その際に文の受け渡しをして、仔狐たちと陽は文通をしているのだ。

「はるちゃん、げんきですか?」

「息災にしておるぞ」

「また、あそびにきますか?」

「そうでおじゃるなぁ……。時期を見て誘うでおじゃるか」

白狐が言うと仔狐たちはピョンピョン跳ねて喜ぶ。

「やったー」

「また、はるちゃんとあそべるー」

「こんどは、どんなおかしのはなしきかせてくれるかなぁ……」

陽が本宮に来た際、仔狐たちのおやつは干菓子しか出ていなかった。彼らとて食べずとも問題がないため、仔狐の館では基本的に食事は出ないのだ。

陽もそうなのだが、常日頃、様々な食事で味覚が育ってしまっている陽は、言うなれば「味覚の空腹」とでもいうものと、琥珀(こはく)と離れている寂しさに耐えかねて、本宮から脱走するという事件を起こした。

その際、お詫びにと伽羅(きゃら)と一緒に買ってきたワッフルが仔狐たちの間に革命を起こし、後に仔狐たちが白狐に直訴をして、今ではおやつの時間は時々干菓子以外のものが出る。

ウキウキして、陽との思い出を語る仔狐たちの様子を白狐は時間も忘れて微笑ましく見つめて癒やされるのであった。


「――で、比喩でなく本当に時間をお忘れになった、と」

「面目ないでおじゃる……」

仔狐たちの許から戻るのに遅れ、午後に設定されていた会議に五分遅刻した白狐は、紅雲に説教されていた。

「もう、仕方ありませんね……。今日は早くお休みになってくださいよ」

軽い説教ですんでほっとしつつ、白狐はその日は定時通り十時に床に入った。

そして翌日夜明け前、すっきりと目覚めた白狐の身支度に現れた側近の細枝は、

「紅雲殿より、よろしければこれをお使いください、とお預かりしております」

厨から借りてきたと思しきキッチンタイマーを白狐に差し出したのだった。

おわり

あとがき

こんにちは、『元号が改まる前に、なんとか部屋を片付けたい』と夢見ている松幸（まつゆき）かほです。今年の汚れ、今年の内に。平成の汚部屋、平成の内に。と思いましたが、昭和の頃からの汚部屋でした（ちーん）。

という、順調に相変わらずの自虐な入りでございます。超安定！

でも！　相変わらずじゃなかったのは橡（つるばみ）さん！　今回やっと…やっと、自覚を……。自覚した途端のあの感じ。しかも、シリーズで初めての「つづく」表記での終了。なんてとこで止めやがって！　で、すみません。どう考えても一巻で収まらなかったんです……。本編がシリアスな感じなので少しでもほのぼのしていただきたい、と月草（つきくさ）様と玉響（たまゆら）様、そして白狐（びゃっこ）様の短編をつけてみました。ちょっとでも、笑ってもらえたら嬉しいです。

そんな今回も、みずかねりょう先生に本当に素敵なイラストを描いていただきまして！　表紙！　もう、なんなの、この素敵親子のお花見。参加したい。ていうか、ちょっと離れた所にシートを敷いて録画したい……。

みずかね先生、本当にありがとうございました。

というかね、みずかね先生には本当にお世話になっておりましてね。二月に某書店様で、人生初のリアルサイン会をさせていただいたのですけど、その時に、会場に本当にたくさんの歴代婿取りシリーズのイラストを飾っていただくことになって……快く、許諾を……。持って帰りてぇぇぇ！ってなりました。むしろ、みずかね先生のイラストでいっぱいのここに住みたい‼ って感じでした。そして、来てくださった方、本当にありがとうございます。こんなおばちゃんが書いてるのか……、と失望されなかったかと物凄く心配です。当日は、たくさんのぷち月草様たちとお会いできて、お話しできて本当に嬉しかったです（生の感想を聞ける機会って本当になくて！）。日程や開催場所等の関係で今回お会いできなかった方も含め、読んでくださる皆様あっての「婿取り」だと改めて思いました。

素敵な会場を（本当にすっごく素敵だったの）を準備してくださった書店スタッフ様、当日同行してくださった出版社の方にも、本当に感謝しております。

これからも、多方面にお世話になりまくりつつ、楽しんでいただけるものを書いていきたいと思っておりますので、どうぞよろしくお願いします。

花粉症疑惑（だが、認めない）に怯える三月初旬　　松幸かほ

今度は神様、
ドルオタになる!?
次回の
情熱本宮
は……
築50年、六畳一間に集まる
世代を超えた男たちに密着。
「彼らのようなアイドルとは、
神生でもう出会えないでおじゃる」
「すっごいキラキラしてるの!」
「彼らは日々進化し続けている、
我々の光だ」
世界最小アイドル・SIRO featuring
シゲルの全国ツアー初日まで、残り12日。
ツアー初日に向けて魂を燃やす、
オタクたちの「いま」に迫る。
※イラストと小説内容は、
かなり異なります。
2019年 夏
狐の婿取り(仮)
ワールドツアーも開催決定!
松幸かほ・著/みずかねりょう・画

CROSS NOVELSをお買い上げいただき
ありがとうございます。
この本を読んだご意見・ご感想をお寄せください。
〒110-8625
東京都台東区東上野2-8-7　笠倉出版社
CROSS NOVELS 編集部
「松幸かほ先生」係／「みずかねりょう先生」係

CROSS NOVELS

狐の婿取り—神様、告白するの巻—

著者
松幸かほ

2019年4月23日　初版発行　検印廃止

発行者　笠倉伸夫
発行所　株式会社　笠倉出版社
〒110-8625　東京都台東区東上野2-8-7　笠倉ビル
[営業]TEL　0120-984-164
FAX　03-4355-1109
[編集]TEL　03-4355-1103
FAX　03-5846-3493
http://www.kasakura.co.jp/
振替口座　00130-9-75686
印刷　株式会社　光邦
装丁　磯部亜希
ISBN　978-4-7730-8978-3
Printed in Japan